Alan Bennett
Die Lady im Lieferwagen

Alan Bennett

*Die Lady
im Lieferwagen*

Aus dem Englischen von Ingo Herzke

Verlag Klaus Wagenbach   Berlin

Wagenbachs Taschenbuch 621
3. Auflage 2010

© 1994 Forelake Ltd, London. Die vier Texte wurden zuerst 1994
in dem Band *Writing Home* bei Faber & Faber in London veröffentlicht.
© 2004, 2009 für die deutsche Ausgabe:
Verlag Klaus Wagenbach   Emser Str. 40/41   10719 Berlin
Umschlaggestaltung: Julie August unter Verwendung einer Photographie
© Mario Lalich/photonica. Gesetzt aus der Perpetua.
Vorsatzpapier von Schabert, Strullendorf. Gedruckt und gebunden
bei Pustet in Regensburg. Printed in Germany. Alle Rechte vorbehalten.

ISBN 978 3 8031 2621 4

Inhalt

Die Lady im Lieferwagen 7

Der Verrat der Bücher 61

Die Straßenbahnen von Leeds 73

Onkel Clarence 79

Die Lady im Lieferwagen

*Gutwilligkeit, oder was oft dafür gehalten wird,
ist die selbstsüchtigste aller Tugenden:
in neun von zehn Fällen verbirgt sich dahinter
schlicht charakterliche Gleichgültigkeit.*

William Hazlitt
On the Knowledge of Character (1822)

»Heute nachmittag bin ich auf eine Schlange gestoßen«, sagte Miss Shepherd. »Sie kam den Parkway herauf. Eine lange graue Schlange – möglicherweise eine Boa Constrictor. Sie sah giftig aus. Hielt sich dicht an der Wand und schien sich auszukennen. Ich habe das Gefühl, daß sie auf den Wagen zusteuerte.« Ich war erleichtert, daß sie diesmal nicht von mir verlangte, die Polizei anzurufen, wie sie es sonst zu tun pflegte, wenn sich etwas Außergewöhnliches ereignete. Vielleicht war dieses Ereignis zu außergewöhnlich (obwohl sich herausstellte, daß in der vorhergehenden Nacht in die Tierhandlung am Parkway eingebrochen worden war; vielleicht hatte sie wirklich eine Schlange gesehen). Sie kam mit ihrem Becher zum Haus, und ich schenkte ihr einen Kaffee ein, mit dem sie zum Lieferwagen zurückging. »Ich dachte, ich sage Ihnen lieber Bescheid«, sagte sie, »nur zur Sicherheit. Ich hatte schon ein paar haarige Erlebnisse mit Schlangen.«

Die Begegnung mit der angeblichen Boa Constrictor trug sich im Sommer 1971 zu, als Miss Shepherd und ihr Lieferwagen sich bereits seit mehreren Monaten meinem Haus in Camden Town gegenüber niedergelassen hatten. Zum ersten Mal begegnet war ich ihr einige Jahre zuvor, als sie neben ihrem Lieferwagen stand, der wie immer neben dem Konvent am höchsten Punkt unserer Straße zum Stehen gekommen war. Der Konvent (der später als japanische Schule Verwendung finden sollte) war ein verhärmtes Gebäude, das an eine Besserungsanstalt gemahnte und einer schwindenden Anzahl Nonnen Behausung bot; besonderes Kennzeichen war ein auffälliges Kruzifix an der Hauswand, die zur Kreuzung hinging. Die Haltung des Heilands, der sich unter den vergitterten Fenstern des Konvents an den grimmigen Rauhputz preßte, rief die Vorstellungen von deutschen Kriegsgefangenenlagern und Suchscheinwerfern hervor, weshalb er den Spitznamen »Der Christus von Colditz« verpaßt bekam. Miss Shepherd sah selbst ein wenig gekreuzigt aus, wie sie in ihrer typischen Haltung, die ich bald nur zu gut kennen sollte, neben dem Lieferwagen stand: die flache Hand am ausgestreckten linken Arm an den Wagen gestützt, um sich als Eigentümerin zu erkennen zu geben, die rechte Hand in die entgegengesetzte Richtung weisend, um jeden heranzuwinken, der leichtsinnig genug war, von ihr Notiz zu nehmen, in diesem Fall mich. Mit ihren ein Meter achtzig war sie eine beeindruckende Erscheinung, was jedoch durch ihre Kleidung untergraben wurde – schmuddeliger Regenmantel, orangefarbener Rock, eine Golfmütze der Marke *Ben Hogan* und Pantoffeln. Damals war sie knapp sechzig Jahre alt.

Sie muß mich aufgefordert haben, den Lieferwagen ganz bis zur Albany Street zu schieben, obwohl ich mich an kein Gespräch erinnern kann. Ich erinnere mich nur an zwei Polizisten, die uns in ihrem Streifenwagen überholten, als ich mich über die Gloucester Bridge mühte; da ich meinte, der Lieferwagen müsse sicher den Verkehr aufhalten, rechnete ich damit, daß sie uns zur Hand gehen würden. Doch sie waren klüger, als ich ahnte. Außerdem ist mir von dieser ersten Begegnung Miss Shepherds Fahrstil im Gedächtnis geblieben. Kaum hatte ich mich gegen das Heck des alten Bedford-Lieferwagens gelehnt, als auch schon ein langer Arm elegant aus dem Seitenfenster gestreckt wurde, um ganz vorschriftsmäßig anzuzeigen, daß sie sich (oder vielmehr ich mich) in Bewegung setzen wollte. Als wir ein paar Meter weiter nach links in die Albany Street einbiegen wollten, erschien der Arm wieder und kündigte unser Manöver mit ausgefeilten Handbewegungen an. Die Bewegungen vollführte sie mit so schwereloser Eleganz, daß man meinen konnte, Maurice Petipa hätte eine Choreographie zu diesem Teil der Straßenverkehrsordnung geschrieben und Galina Ulanowa persönlich sitze am Steuer. Ihr Zeichen für »Ich halte jetzt an« fiel weniger graziös aus, denn sie hatte offensichtlich nicht damit gerechnet, daß ich das Schieben einstellen würde, und rief mir ärgerlich zu, daß sie ans andere Ende der Albany Street wollte, eine ganze Meile weiter. Doch inzwischen hatte ich genug und ließ sie stehen, ohne für meine Bemühungen Dank zu ernten. Ganz im Gegenteil. Sie kletterte sogar aus ihrem Lieferwagen und lief hinter mir her, rief mir nach, es sei eine Unverschämtheit von mir, sie so sitzenzulassen, so daß die Passanten mich anschauten, als hätte ich dieser Vogelscheuche ein Leid getan. »Also manche Leute!« dachte ich wahrscheinlich, kam mir dumm und ausgenutzt vor und ärgerte mich, weil ich besser weggekommen wäre, wenn ich keinen Finger gerührt hätte. Diese gemischten Gefühle stellten sich unweigerlich ein, wenn man sich mit Miss Shepherd einließ. Man konnte ihr selten einen Gefallen tun, ohne ihr alsbald den Hals umdrehen zu wollen.

Es muß ungefähr ein Jahr später gewesen sein, also irgendwann in den späten Sechzigern, als der Lieferwagen zum ersten Mal im Gloucester Crescent auftauchte. In jenen Tagen präsentierte sich die Straße noch recht durchwachsen. Die meisten großen Zweifamilienhäuser waren für die viktorianische

Mittelschicht gebaut worden, dann war die Gegend sozial etwas abgesunken, doch nie völlig verkommen. Die meisten Häuser wurden in Pensionen umgewandelt, die Zimmer einzeln vermietet; sie kamen als erste für das in Betracht, was man heute »Luxussanierung« nennt, damals allerdings bloß »Wände durchbrechen« hieß. Junge Ehepaare in akademischen Berufen, meistens Presse oder Fernsehen, kauften die Häuser, bauten sie um und rissen im Souterrain (das gehörte unweigerlich zum Umbau) mehrere Wände ein, um eine große, offene Küche plus Eßzimmer zu schaffen. Mitte der Sechziger schrieb ich eine Art Fernsehserie für die BBC – *Life and Times in NW1* –, die auf dem Leben eines solchen Ehepaars basierte: die Stringalongs, die der Cartoonist Mark Boxer dann für seinen Comicstrip im *Listener* übernahm und die fortan immer wieder in seinem Schaffen auftauchten. Die Komik der gesellschaftlichen Entwicklung lag in der Diskrepanz zwischen dem Lebensstil, den sich die Neuankömmlinge leisten konnten, und ihren fortschrittlichen Ansichten: ein Schuldgefühl, das den heutigen Luxussanierern nach allgemeiner Einschätzung völlig abgeht (oder mit dem sie »kein Problem haben«). Wir hatten ein Problem damit, aber ich bezweifle, daß uns das zu besseren Menschen machte. Zwischen unserem gesellschaftlichen Status und unserem gesellschaftlichen Engagement klaffte eine Lücke. In dieser Lücke konnte sich Miss Shepherd mit ihrem Lieferwagen einnisten.

Oktober 1969. Wenn sie nicht im Lieferwagen sitzt, verbringt Miss S. einen erklecklichen Teil des Tages auf dem Bürgersteig des Parkway. Vor der *Williams & Glyn's Bank* hat sie einen festen Platz, wo sie Traktate mit Titeln wie »Die wahre Sicht: Dinge von Bedeutung« verkauft, die sie selbst verfaßt, auch wenn sie das nicht zugeben mag. »Ich verkaufe sie, aber was die Autorenschaft angeht, so will ich nur sagen, daß sie anonym sind; weiter möchte ich mich nicht äußern.« Normalerweise schreibt sie den Kernsatz des jeweiligen Pamphlets mit Kreide auf den Bürgersteig, jedoch ohne jede dekorative Anwandlung. »Der Heilige Franziskus hat das Geld VON SICH geschleudert«, lautet die heutige Botschaft, über die jeder Kunde der Bank auf dem Weg zum Eingang steigen muß. Außerdem verdient sie ein paar Pennies mit dem Verkauf von Bleistiften. »Neulich kam ein Herr zu mir und sagte, der Bleistift, den er bei mir gekauft habe, sei der beste, den es derzeit auf dem Markt gibt. Er hat drei Monate lang gehalten. Er wird demnächst wieder vorbeikommen und einen neuen erwerben.« D., einer meiner eher konventionellen Nachbarn (kein Wand-Durchbrecher), hält mich auf der Straße an: »Sagen Sie, ist sie eine *echte* Exzentrikerin?«

April 1970. Heute haben wir den Lieferwagen der alten Dame bewegt. Unter ihrem Scheibenwischer klemmte eine gerichtliche Verfügung wegen Verkehrsbehinderung, die besagte, daß der Wagen vor Hausnummer 63 geparkt sei und eine Gefahr für die öffentliche Gesundheit darstelle. Diese Verfügung, behauptet Miss S., sei eine standrechtliche Verfügung: »Sie bezieht sich auf mein Standrecht – nämlich vor Hausnummer 63 –, wenn wir den Wagen also weiterschieben, verfällt die Verfügung.« Niemand wagt, Einspruch zu erheben, doch sie kann sich nicht entscheiden, ob sie sich lieber vor Hausnummer 61 niederlassen soll oder noch ein Stück weiter. Schließlich fällt ihre Wahl auf »ein nettes Plätzchen« vor der Hausnummer 62. Mein Nachbar Nick Tomalin und ich stemmen uns mit aller Macht gegen das Wagenheck, doch trotz ihrer eleganten Handzeichen, die unseren Aufbruch ankündigen (für eine Fahrt von ganzen fünf Metern), bewegt sich das Fahrzeug keinen Millimeter. »Haben Sie die Handbremse gelöst?« fragt Nick Tomalin. Kurzes Schweigen. »Ich bin im Begriff, sie zu lösen.« Als wir gerade wieder ans Werk gehen, taucht ein weiterer Exzentriker von Camden Town auf: ein großer älterer Herr im langen Mantel, mit einem Homburg auf dem Kopf, einem gepflegten grauen Schnurrbart und einem Abzeichen der konservativen *Primrose League* im Knopfloch. Er zieht einen seiner schmutziggelben Glacéhandschuhe aus und legt eine zitternde Hand gegen das Heck des Lieferwagens mit dem Kennzeichen OLU246. Als wir ihn die standrechtlichen fünf Meter weitergeschoben haben, zieht er seinen Handschuh wieder an und sagt: »Wenn Sie mich noch benötigen sollten, ich wohne gleich um die Ecke« (d. h. im Arlington House, dem Arbeiterwohnheim).

Ich frage Miss S., wie lange sie den Lieferwagen schon hat. »Seit 1965«, sagt sie, »aber erzählen Sie das nicht herum. Ich habe ihn gekauft, um meine Sachen darin zu verstauen. Ich bin damit von St. Albans hergekommen, und eines Tages will ich auch wieder damit zurückfahren. Im Moment trete ich gerade ein wenig auf der Stelle. Ich war schon immer im Transportwesen tätig. Vor allem Lieferungen und Überführungen. Sie wissen schon«, fügt sie geheimnisvoll hinzu, »umgebaute Militärfahrzeuge. Und ich habe einen guten Orientierungssinn. Hatte ich schon immer. Ich habe mich während der Verdunkelung in Kensington zurechtgefunden.«

Der Lieferwagen (es sollte im Lauf der nächsten zwanzig Jahre noch drei weitere geben) war ursprünglich braun, doch als er im Crescent auftauchte, gelb angestrichen worden. Miss S. mochte die Farbe Gelb sehr (»Es ist die päpstliche Farbe«) und wollte ihre Kraftfahrzeuge nie lange im originalen Farbzustand belassen. Früher oder später sah man sie langsam um ihr immobiles Wohnmobil kreisen und die Rostflecken gedankenverloren mit primelgelber Farbe aus einer winzigen Dose betupfen. In ihrem langen Kleid, den Sonnenhut auf dem Kopf, hätte man sie für Virginia Woolfs ältere Schwester, die Malerin Vanessa Bell halten können, wenn die Bedford-Lieferwagen bepinselt hätte. Miss S. nahm den Unterschied zwischen Autolack und normaler Lackfarbe nie zur Kenntnis, und selbst die Lackfarbe rührte sie vor dem Streichen nicht einmal durch. Daher sahen alle ihre Lieferwagen irgendwann aus, als hätte man sie mit

Einladung

für souveräne Leserinnen
in einen unabhängigen Verlag
für wilde Leser

Wagenbach

Einladung
in den Verlag Klaus Wagenbach:

Der Verlag Klaus Wagenbach wurde 1964 gegründet, um Bücher nur nach Überzeugung, nicht nach Markt-Überlegungen zu veröffentlichen; zudem sollten diese Bücher in Machart und Sorgfalt der Wegwerfmentalität widerstehen. Beide Versprechen hält er bis heute ein.

So wird unsere Reihe *SVLTO* zum Beispiel mit eigens für uns gefärbtem rotem Leinen überzogen, jedes Exemplar mit handaufgeklebtem Schildchen, geprägter Schrift und mit durchgefärbtem Vorsatzpapier ausgestattet; und das Ganze wird nach althergebrachter Handwerksart fadengeheftet.

Selbst bei unserer Taschenbuchreihe, WAT (Wagenbachs *andere* Taschenbücher) legen wir großen Wert auf gute Materialien und sorgfältige Typographie.

Auf den folgenden Seiten stellen wir Ihnen ausgewählte Titel vor, zuerst einige von Alan Bennett, dem Verfasser der »souveränen Leserin« – auf der nebenstehenden Seite führt er gerade sein Schwein aus.

Endlich auch auf Deutsch: Bennetts Kultwerk

Alan Bennett
Ein Kräcker unterm Kanapee
Muttersöhnchen und Stubenhocker in den Wechseljahren, frustrierte Ehefrauen und Softpornodarstellerinnen, übereifrige Briefeschreiberinnen und trauernde Witwen – Bennett schöpft einmal mehr aus dem Vollen. Die spinnen, die Briten ...
Aus dem Englischen von Ingo Herzke
SVLTO. 144 Seiten. EUR [D/A] 15.90/16.40

»Eine der profiliertesten Stimmen der zeitgenössischen angelsächsischen Literatur.«

Michael Schmitt, NZZ

Die souveräne Leserin

Eine Liebeserklärung an die Queen und an die Literatur – wer hätte gedacht, dass das zusammenpasst?! Bisher folgten über dreihunderttausend Leser dieser Lebensfrage: Regieren oder Lesen?

Aus dem Englischen von Ingo Herzke. *SVLTO*. 120 Seiten. EUR [D/A] 14.90/15.40

Così fan tutte   Eine Geschichte

Die Geschichte eines englischen Middleclass-Ehepaars, das vom Opernbesuch nach Hause kommt und seine Wohnung vollkommen leer vorfindet. Mit dem Verlust der Einrichtung aus zweiunddreißig Ehejahren tun sich ungeahnte Möglichkeiten auf ...

Aus dem Englischen von Brigitte Heinrich. *SVLTO*. 120 Seiten. EUR [D/A] 14.90/15.40

Die Lady im Lieferwagen

Über die eigenwilligen Bemühungen einer Lady, das Leben auf ihre Weise zu meistern, über die Straßenbahnen in Leeds und die trügerischen Lebensweisheiten, die von Büchern verbreitet werden.

Aus dem Englischen von Ingo Herzke. WAT 621. 96 Seiten. EUR [D/A] 8.90/9.20

Handauflegen   Kurzroman

Der Tod eines ihrer Lieblinge sorgt für Schrecken in der Gesellschaft der Reichen und Schönen: Woran ist er gestorben? Mit wem hat er und mit wem nicht? Nur mit Damen oder auch mit Herren?

Aus dem Englischen von Ingo Herzke. WAT 606. 96 Seiten. EUR [D/A] 9.90/10.20

Vatertage   Zwei Beziehungsgeschichten

Auch Väter haben ihre Tage: Der Vater von Mr. Midgley triumphiert noch über sein Ende hinaus, der Vater von Mr. Bennett dagegen übertreibt seine Menschenscheu am Ende nun wirklich.

Aus dem Englischen von Ingo Herzke. *SVLTO*. 96 Seiten. EUR [D/A] 14.90/15.40

Kurze Romane ...

Michela Murgia   Accabadora   Roman

Eine Geschichte über Mutter und Tochter, wie sie noch nie erzählt worden ist. Ein Roman, in dem das archaische und das moderne Italien aufeinandertreffen. Ein sehr persönliches Buch, das Fragen stellt, denen sich niemand entziehen kann.

»*Ein wunderbares Buch über Kindheit und Alter, erzählt mit großer Anmut.*«

Loredana Lipperini, La Repubblica

Aus dem Italienischen von Julika Brandestini
Gebunden mit SU. 176 Seiten. EUR [D/A] 17.90/18.40

A. L. Kennedy   Gleissendes Glück

Wer noch nie A. L. Kennedy gelesen hat: Dieses Buch über eine seltsam starke Frau ist der beste Einstieg.

»*Direkt und zugleich entrückt – beides wunderbar balancierend ist A. L. Kennedy ein kleines Meisterwerk gelungen.*«   Bernhard Schlink

Aus dem Englischen von Ingo Herzke. WAT 589. 192 Seiten. EUR [D/A] 9.90/10.20

Jacques Roubaud   Der verlorene letzte Ball   Roman

Ein kleines Buch – große Themen: Es geht um Treue und Verrat, um Liebe und Opportunismus. Roubaud erzählt sparsam und fesselnd zugleich, wie aus einem leichthin gegebenen Versprechen, von dem Leben abhängen, grausamer Ernst wird.

»*Hinter der scherzhaft scheinenden Geschichte eines Sonderlings erzählt Roubaud Zeitgeschichte und Daseinsschicksale von unwiderstehlicher Eindringlichkeit.*«   Joseph Hanimann, FAZ

Aus dem Französischen von Elisabeth Edl. SVLTO. 120 Seiten. EUR [D/A] 14.90/15.40

**Jacques Roubaud
Der Verwilderte Park**   Roman

Die letzten Sommertage sind voller Licht, und doch wird es kälter. »Jacques« hat seinen richtigen Vornamen abgelegt, Doras Pianisten-Onkel mag nicht mehr spielen, das Wasserbecken im Park ist leer. Ein zärtlicher Text über glückliche Tage und über das Warten.

Aus dem Französischen von Tobias Scheffel
Gebunden mit SU. 128 Seiten. EUR [D/A] 15.90/16.40

... für eine Nacht

Tania Blixen   Babettes Fest   Erzählung

Tania Blixens berühmte Erzählung ist das lukullische Märchen von einer Köchin, die auszog, die Bescheidenheit zu lernen, und dafür mit einem Fest der Sinne dankt.

Aus dem Englischen von W. E. Süskind. WAT 575. 80 Seiten. EUR [D/A] 8.90/9.20

Emmanuelle Pagano   Die Haarschublade   Roman

Ein kleiner Ort im Süden Frankreichs. Fünfter Stock. Eine sehr junge Frau mit zwei Kindern. Ein alltägliches Leben. Emmanuelle Pagano erzählt die Geschichte einer unerwiderten, unerwiderbaren Liebe.

Aus dem Französischen von Nathalie Mälzer-Semlinger. Gebunden mit SU. 144 Seiten. EUR [D/A] 16.90/17.40

Tanguy Viel   Das absolut perfekte Verbrechen   Roman

In einer nordfranzösischen Hafenstadt plant die örtliche Gaunerbande den Überfall auf das Casino. Der Plan ist ebenso verrückt wie perfekt ... Ein filmischer Roman in Schwarz-Weiß über den Traum vom großen Glück.

Aus dem Französischen von Hinrich Schmidt-Henkel. Gebunden mit SU. 160 Seiten. EUR [D/A] 16.90/17.40

Lucía Puenzo   Das Fischkind   Roman

Ein furchtbar hässlicher Hund erzählt, wie zwei junge Mädchen aus Liebe zu Mörderinnen werden. Ein frecher, temporeicher, magischer Roman – »Thelma und Louise« auf Argentinisch!

Aus dem argentinischen Spanisch von Rike Bolte. Gebunden mit SU. 160 Seiten. EUR [D/A] 16.90/17.40

Frédéric Chaudière   Geschichte einer Stradivari

Die abenteuerliche Biographie einer dreihundert Jahre alten Geige. Gefertigt vom berühmten Stradivari, erlebte sie ungezählte Auftritte und Reisen, wurde vergessen und versteckt, in den dreißiger Jahren regelrecht entführt und erst jüngst überraschend wiederentdeckt.

Aus dem Französischen von Sonja Finck. *SVLTO.* 144 Seiten. EUR [D/A] 15.90/16.40

Empfehlung: Ein Blick zurück auf die DDR

Die erste Anthologie ihrer schönsten und charakteristischsten, ihrer vergessenen, geförderten und verbotenen Gedichte.

100 Gedichte aus der DDR
Herausgegeben von Christoph Buchwald und Klaus Wagenbach. Gebunden mit SU. 176 Seiten. EUR [D/A] 16.90/17.40

Bankiers und andere Verrückte

Fernando Pessoa   Ein anarchistischer Bankier
Höchst aktuell: über die Wirrnis in den Köpfen von Bankern, die zu wahren Anarchisten werden. Eine verblüffende Erkenntnis des großen portugiesischen Autors Fernando Pessoa.
»*Ein sophistisch ausgeklügeltes Meisterwerk.*«   FAZ

Übersetzt und mit einem Nachwort versehen von Reinhold Werner. SVLTO. 96 S. EUR [D/A] 13.90/14.30

Edith Sitwell   Englische Exzentriker
Dieses schon klassische Buch präsentiert berühmte Exzentriker aus dem unerschöpflichen englischen Fundus.
»*Es empfiehlt sich, das Buch wie eine kostbare Torte zu behandeln, die man Stück für Stück bei besonderen Anlässen verzehrt.*«   Klaus Völker

Aus dem Englischen von Kyra Stromberg. SVLTO. 160 Seiten. EUR [D/A] 15.90/16.40

Héctor Abad   Kulinarisches Traktat für traurige Frauen
Ein heiteres und überaus nützliches Brevier, das tropische Sinnesfreude mit der Weltklugheit eines ironischen Kosmopoliten verbindet. Mit praktischen Ratschlägen und Rezepten.
»*Anweisungen zum Glücklichsein – dieser Autor kennt sich aus in der weiblichen Psychologie.*«   El País

Aus dem kolumbianischen Spanisch von Sabine Giersberg. WAT 546. 128 Seiten. EUR [D/A] 8.90/9.20

Djuna Barnes   Solange es Frauen gibt
Aus den New Yorker und den Pariser Portraits der Djuna Barnes sind hier acht Portraits ungewöhnlicher Frauen zusammengestellt.
Sie stellen eine Generation selbstständiger, selbstbewusster und unabhängiger Frauen, die in den ersten Jahrzehnten unseres Jahrhunderts auftritt und zu der die große amerikanische Schriftstellerin selbst gehört.

Aus dem Amerikanischen von Karin Kersten
SVLTO. 96 Seiten mit vielen Abbildungen. EUR [D/A] 13.90/14.30

Ermanno Cavazzoni   Kurze Lebensläufe der Idioten
Kalendergeschichten

Ein fabelhaftes Fabelbuch aus Italien, voller Sprichwörter, Lebensweisheiten und Narreteien.
»*Mit diesem Buch gehören auch wir Deutschen endlich zu denen, die Cavazzoni das Lachen lehrt.*«   Der Spiegel

Aus dem Italienischen von Marianne Schneider. WAT 527. 144 Seiten. EUR [D/A] 9.90/10.20

Literarische Einladungen

»Solche literarischen Einladungen nimmt auch der gern an, der nicht vorhat, demnächst zu verreisen. Denn bei Wagenbach weiß man noch, was ein schönes Buch ist.«

Frankfurter Allgemeine Zeitung

Paris

Dieser Band lädt ein zu literarischen Spaziergängen durch die Metropole an der Seine. Zeitgenössische Texte – viele erstmals übersetzt – erzählen Geschichten von Orten, Menschen und der Pariser Lebensart.

»Diese Einladung ist so frisch und so erfrischend, dass man sie unbedingt annehmen sollte.«

Frankfurter Allgemeine Zeitung

Hg. von Karin Uttendörfer u. Annette Wassermann
SVLTO. 144 Seiten mit Illustrationen. EUR [D/A] 15.90/16.40

Istanbul

Istanbul ist eine spannende und angespannte Metropole zwischen Tradition und Moderne. Türkische Autoren erzählen die jüngste Geschichte dieser alten Stadt an der Schnittstelle zweier Kontinente, zweier Kulturen.

Hg. von Börte Sagaster und Manfred Heinfeldner. *SVLTO.* 144 Seiten. EUR [D/A] 15.90/16.40

Bologna und Emilia Romana

Die Emilia Romagna ist nicht nur ein kulinarisches, sondern auch ein literarisches Zentrum. Zeitgenössische Autoren beschreiben die Po-Ebene und ihre schönsten und stolzesten Städte: Piacenza, Parma, Reggio Emilia, Modena, Bologna, Rimini, Ferrara.

Hg. von Carl Wilhelm Macke. *SVLTO.* 144 Seiten. EUR [D/A] 15.90/16.40

Lissabon

Was die portugiesische Hauptstadt außer *fado* und *bacalhau* noch zu bieten hat, erzählen Ihnen über zwanzig Autoren auf diesem urbanen literarischen Streifzug durchs 20. Jahrhundert.

Hg. von Gaby Wurster. *SVLTO.* 144 Seiten. EUR [D/A] 15.90/16.40

In der Reihe *SVLTO* sind außerdem Einladungen erschienen:

nach **Athen**, **Dresden**, **Florenz**, **Madrid**, **Mallorca**, **Neapel**, **Rom**, **Sizilien** und **Palermo**, **Triest**, **Turin**, in Casanovas **Venedig** und nach **Wien**.

Nach Italien!

Klaus Wagenbach (Hg.)   Mein Italien, kreuz und quer

Klaus Wagenbach hat Italien neu besichtigt. Ein umfangreiches, preiswertes Kompendium: Italienische Schriftsteller erzählen von ihrem Land, kreuz und quer.

»*Italien ist in Deutschland ohne Klaus Wagenbach nicht denkbar. Die intime Kennerschaft mag der Anlass für diese wunderschön aufgemachte, inspirierende Anthologie gewesen sein.*«   Neue Zürcher Zeitung

WAT 559. 384 Seiten. EUR [D/A] 12.– / 12.40

Bernd Roeck / Andreas Tönnesmann
Die Nase Italiens
Federico da Montefeltro, Herzog von Urbino

Die erfolgreiche Biographie des berühmtesten »Condottiere« im Italien der Renaissance.

»*Dass Vergangenheit so plastisch werden kann, ist die Meisterleistung einer Geschichtsschreibung, die nie unter Niveau gehen muss, um gleichwohl für den Nicht-Fachmann lesbar zu sein.*«
Bernhard Schulz, Der Tagesspiegel

WAT 558. 240 Seiten mit zahlreichen Abbildungen. EUR [D/A] 13.90 / 14.30

Andrea Camilleri   Fliegenspiel   Sizilianische Geschichten

Andrea Camilleri nimmt uns mit auf eine Entdeckungsreise in seine Heimat Sizilien. Der Dorfpolizist soll eine Prostituierte in Gewahrsam nehmen und nimmt sie statt dessen zur Frau. Man erfährt, wie man mit Fliegenfang den Jackpot gewinnt. Oder wie ein hungriger Priester das Gesetz umgeht.

»*Fliegenspiel steckt voller schrulliger Menschen und schriller Anekdoten; ein Panoptikum aus Camilleris Kindheit und Jugend.*«   Brigitte

Aus dem Italienischen von Moshe Kahn. SALTO. 96 Seiten. EUR [D/A] 13.90 / 14.30

Umberto Eco   Mein verrücktes Italien   Portraits und Notizen

Das Schöne daran, es ist live!, ruft die begeisterte Zuschauerin des Palio in Siena. Im Hintergrund schreibt Umberto Eco mit – der Zeichentheoretiker entziffert die Zeichen seines Landes.

Aus dem Italienischen von Burkhardt Kroeber. WAT 370. 128 Seiten. EUR [D/A] 9.90 / 10.20

Natalia Ginzburg   Familienlexikon   Roman

Das mit dem Premio Strega ausgezeichnete Hauptwerk Natalia Ginzburgs ist nicht nur das komische Portrait einer denkwürdigen Familie, sondern zugleich ein großartiges Portrait Italiens.

WAT 563. 192 Seiten. EUR [D/A] 10.90 / 11.30

(mit Handreichungen)

Nach Italien! Anleitung für eine glückliche Reise

Wagenbachs Hand- und Kopfreichung für den Reisenden, der mit guten Vorsätzen, aber wenig Kenntnissen ins Land der Zitronen fährt.

»*Eine intelligent zusammengestellte Anthologie, die auf zwanglose Weise das Belehrende eines Reiseführers mit dem Unterhaltenden der Glosse und der literarischen Skizze verbindet.*«   Neue Zürcher Zeitung

Hg. von Klaus Wagenbach. *SVLTO*. 144 S. mit zahlreichen Abbildungen. EUR [D/A] 15.90/16.40

Luigi Malerba Die nachdenklichen Hühner

Vom psychoanalytischen Huhn, das die Sublimierung des Eis predigt, über das fromme Huhn, das Johanna mit Laurentius verwechselt, bis zum postmodernen Huhn, das gleichzeitig den Stall und sich selbst erleuchten will.

»*Malerba zeigt uns mit Blick auf den Hühnerhof die menschliche Seele mit all ihren Unzulänglichkeiten und die Bandbreite seines komischen Talents.*«   Iris Denneler, Der Tagesspiegel

Vollständige Ausgabe letzter Hand. Aus dem Italienischen von Iris Schnebel-Kaschnitz und Elke Wehr
SVLTO. 88 Seiten mit Illustrationen von Lena Ellermann. EUR [D/A] 13.90/14.30

Alice Vollenweider Italiens Provinzen und ihre Küche

Eine Reise durch Italien und seine höchst verschiedenen regionalen Küchen – mit vielen Rezepten und anderen nützlichen Hinweisen.

»*Alice Vollenweider schreibt in der dritten Dimension: Man riecht und schmeckt geradezu all die Köstlichkeiten der italienischen Küche.*« FAZ

SVLTO. 160 Seiten mit vielen Abbildungen. EUR [D/A] 15.90/16.40

Tiziano Scarpa Venedig ist ein Fisch

Tiziano Scarpa führt uns durch seine Heimatstadt und lässt uns Venedigs Stadt- und unsere Körperteile neu entdecken.

»*Scarpa verleiht Venedig eine körperliche Intensität, die einen drängt, sofort eine Fahrkarte zu kaufen und die Stadt wiederzuentdecken.*«   Die Weltwoche

Aus dem Italienischen von Olaf M. Roth. WAT 610. 120 Seiten. EUR [D/A] 9.90/10.20

Amara Lakhous Krach der Kulturen um einen Fahrstuhl an der Piazza Vittorio Roman

Mord an der Piazza Vittorio! Ein Verbrechen soll aufgeklärt werden, aber vor allem entfaltet sich zwischen den Marktständen und in den Treppenhäusern der Palazzi ein vielstimmiges Portrait des römischen Lebens.

Aus dem Italienischen von Michaela Mersetzky. WAT 608. 160 Seiten. EUR [D/A] 10.90/11.30

Italienische Klassiker – neu entdeckt

Elsa Morante   Arturos Insel   Roman

Elsa Morante hat nicht nur, wie die »Neue Zürcher Zeitung« schrieb, »durch Arturo die Weltliteratur um eine der schönsten Knabengestalten bereichert«, sondern es gelang ihr auch, ein fast vergessenes Italien in farbenprächtigen Bildern festzuhalten.

»Vielleicht das beste Buch der großen italienischen Schriftstellerin, gewiss ihr schönstes.«   Roland H. Wiegenstein, Frankfurter Rundschau

Aus dem Italienischen von Susanne Hurni-Maehler. WAT 514. 432 Seiten. EUR [D/A] 15.90/16.40

Alberto Moravia   Der Konformist   Roman

Die Geschichte eines Mannes, den eine Schuld zur größtmöglichen gesellschaftlichen Anpassung treibt – und das Psychogramm des Mitläufers schlechthin.

»Moravia vergisst keinen Augenblick lang, dass ein Erzähler erzählen muss, immer weitererzählen, dass er seinen Leser an der Gurgel packen muss, damit ihm die Lust am Abenteuer des Lesens nicht vergeht.«

Enzo Siciliano

Aus dem Italienischen von Percy Eckstein und Wendla Lipsius. WAT 620. 320 Seiten. EUR [D/A] 13.90/14.30

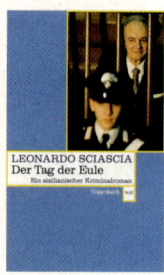

Leonardo Sciascia   Tag der Eule
Ein sizilianischer Kriminalroman

Sciascias erster und berühmtester Mafia-Roman: Kann Capitano Bellodi den Mord an einem sizilianischen Kleinunternehmer aufklären? Wer hat ihn begangen? Wer steckt dahinter?

Aus dem Italienischen von Arianna Giachi
WAT 619. 144 Seiten. EUR [D/A] 9.90/10.20

Giorgio Bassani   Die Gärten der Finzi-Contini   Roman

Diese zarte Geschichte einer unerfüllten Liebe, zugleich Chronik des tragischen Schicksals des jüdischen Bürgertums in Italien, sichert Giorgio Bassani einen Platz in der Weltliteratur.

Aus dem Italienischen von Herbert Schlüter. WAT 404. 320 Seiten. EUR [D/A] 13.90/14.30

Goffredo Parise   Alphabet der Gefühle

Es ist, so Parise, »ein Lesebuch über die Gefühle der Menschen. Für jeden Buchstaben des Alphabets habe ich eine oder mehrere Empfindungen in einer Erzählung portraitiert.«

Aus dem Italienischen von Christiane von Bechtolsheim und Dirk J. Blask. Mit zwei Vorworten von Natalia Ginzburg
WAT 616. 336 Seiten. EUR [D/A] 12.90/13.30

Erich Fried

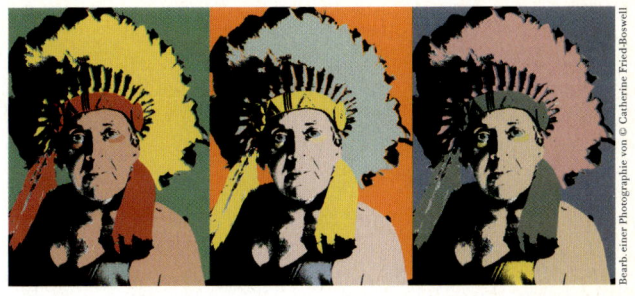

Bearb. einer Photographie von © Catherine Fried-Boswell

Es ist was es ist   Liebesgedichte, Angstgedichte, Zorngedichte

Die repräsentativste Gedichtsammlung von Erich Fried, einschließlich seines berühmtesten Gedichts: *Was es ist.*

Gebunden mit Prägung. 112 Seiten. EUR [D/A] 15.90 / 16.40

Als ich mich nach dir verzehrte   Gedichte von der Liebe

Die schönsten Gedichte über die Liebe aus dem Gesamtwerk von Erich Fried.

SVLTO. 96 Seiten. EUR [D/A] 13.90/14.30

Alles Liebe und Schöne, Freiheit und Glück
Briefe von und an Erich Fried

Die schönsten Briefe von und an Erich Fried: anrührende Zeugnisse eines politisch engagierten, literarisch reichen und emotional überbordenden Lebens.

»*Leben, Sprechen und Schreiben waren bei Fried eine Einheit. Er wollte ein Dichter des ganzen Lebens sein in all seinen Erscheinungsformen, mit Ausnahme der Gewalt.*«   Hans Mayer

SVLTO. 144 Seiten mit Abbildungen. EUR [D/A] 15.90/16.40

Catherine Fried   Über kurz oder lang
Erinnerungen an Erich Fried

Ein liebevolles und treffendes Bild von Erich Fried und zugleich ein heiteres Portrait der Zeit, vor allem der siebziger Jahre. Wir lernen einen Fried kennen, der morgens bereits 16 Gedichte geschrieben hat, eine völlig überfüllte Familie mit Kindern, Halbgeschwistern, Viertelbrüdern, dazu ehemalige Ehefrauen und natürlich die Mutter.

SVLTO. 144 Seiten. EUR [D/A] 15.90/16.40

Gründe
Gedichte. Eine Auswahl aus dem Gesamtwerk

Dieser Band stellt den Lyriker Erich Fried vor.

Herausgegeben von Klaus Wagenbach. SVLTO. 160 Seiten. EUR [D/A] 15.90/16.40

Lebendige Kulturgeschichte

Simon Blackburn   Wollust   Die schönste Todsünde

Simon Blackburn erforscht in seinem Essay – ebenso geist- wie lustvoll – die Facetten dieses aufregenden Lasters.

Aus dem Englischen von Matthias Wolf. WAT 601. 144 Seiten mit 20 Abbildungen. EUR [D/A] 10.90/11.30

Dieter Richter   Der Süden
Geschichte einer Himmelsrichtung

Vom Süden in der antiken Welt zur Capri-Sonne der 1950er Jahre, von der Entdeckung der Südseeinsel Tahiti bis zur heutigen Sehnsucht nach Strand, Palmen und blauem Meer: Der Süden leuchtet!
Dorthin zeigt die Kompassnadel des Glücks.

Gebunden. 224 Seiten mit vielen Abbildungen. EUR [D/A] 24.90/25.60

Alain Montandon   Der Kuß   Eine kleine Kulturgeschichte

Wussten Sie, dass noch unlängst ein Handkuss unter freiem Himmel undenkbar war? Und die Chinesen im Kuss ein Rudiment des Kannibalismus sahen? Diese kleine Studie untersucht den Kuss als kulturelles Phänomen.

Aus dem Französischen von Sonja Finck. WAT 549. 144 Seiten mit vielen Abbildungen. EUR [D/A] 10.90/11.30

Wolfgang Ullrich   Uta von Naumburg   Eine deutsche Ikone

Gräfin, Heilige, Madonna, First Lady des »Dritten Reichs«: Die erstaunliche Karriere einer Sandsteinstatue des Naumburger Doms.

WAT 523. 192 Seiten mit vielen Abbildungen. EUR [D/A] 11.90/12.30

Wilfried Witte   Tollkirschen und Quarantäne
Die Geschichte der Spanischen Grippe

300.000 Tote im Deutschen Reich, bis zu 50 Millionen weltweit – die Bilanz der Spanischen Grippe. Wilfried Witte dokumentiert die Fakten und gibt eine Einführung in die moderne Grippeforschung.

Mit einem neuen Vorwort. WAT 633. 144 Seiten mit Abbildungen. EUR [D/A] 10.90/11.30

Mithu M. Sanyal   Vulva
Die Enthüllung des unsichtbaren Geschlechts

Diese freche, facettenreiche, lustvoll erzählte Kulturgeschichte des weiblichen Geschlechts stellt die aktuelle Diskussion um Post- und Popfeminismus sowie um öffentlich enthüllte Privatgebiete auf ein solides Fundament.

Gebunden mit SU. 240 Seiten mit vielen Abbildungen. EUR [D/A] 19.90/20.50

Kunst und Leben

Heinz Berggruen   Die Kunst und das Leben
Schnurren, Erinnerungen, Portraits

Der bekannte Kunstsammler und Kunstmäzen Heinz Berggruen (1914–2007) erzählt über seine Begegnungen mit Kunst und Künstlern, über die Rückkehr nach Berlin, Wiederbegegnungen und altmodische Dinge.

SV̄LTO. 144 Seiten mit vielen Abbildungen. EUR [D/A] 15.90/16.40

Giorgio Vasari   Jeder nach seinem Kopf
Die verrücktesten Künstlergeschichten der italienischen Renaissance

Der große Historiker Vasari ist auch ein kluger Erzähler. Dieser Band sammelt die schönsten Anekdoten, Streiche und Parabeln aus der Welt der italienischen Renaissance-Künstler.

SV̄LTO. 96 Seiten. EUR [D/A] 13.90/14.30

Guido Beltramini   Palladio   Lebensspuren

Die Villen und Paläste Andrea Palladios wurden zum Inbegriff der gebauten Sehnsucht nach Süden. Über den Architekten selbst weiß man heute wenig. Der namhafteste Palladio-Forscher legt die bisher verborgenen Spuren seiner Lebensgeschichte frei.

Aus dem Italienischen von Victoria Lorini. Mit einem Text von Paolo Gualdo und einem Vorwort von Andreas Beyer
SV̄LTO. 120 Seiten mit vielen Abbildungen. EUR [D/A] 14.90/15.40

Damian Dombrowski   Botticelli
Ein Florentiner Maler über Gott, die Welt und sich selbst

Eine Handreichung für den Museumsbesucher in Berlin und München, Florenz und Rom: achtzehn Gemälde aus allen Schaffensphasen des großen Renaissancemalers Sandro Botticelli, vorgestellt von einem der versiertesten Kenner des Malers.

SV̄LTO. 144 Seiten mit vielen Abbildungen. EUR [D/A] 15.90/16.40

Ernst H. Gombrich   Schatten
Ihre Darstellung in der abendländischen Kunst

Ernst H. Gombrich, einer der großen Gelehrten des 20. Jahrhunderts, lenkt den Blick zuweilen auf ebenso einfache wie vergnügliche Dinge und zeigt uns – im Leben und in der Kunst – eine andere, neue Art zu sehen.

Aus dem Englischen v. Robin Cackett. *SV̄LTO.* 96 S. mit sehr vielen, teilweise farbigen Abb. EUR [D/A] 15.90/16.40

Franz Kafka, Schriftsteller...

Hans-Gerd Koch Kafka in Berlin
Eine historische Stadtreise

Berlin war die Sehnsuchtsstadt des Prager Autors und Versicherungsbeamten Franz Kafka. Hans-Gerd Koch erzählt die Geschichte dieser Sehnsucht und lässt uns mit Kafka in das legendäre Berlin des frühen 20. Jahrhunderts reisen.

SVLTO. 144 Seiten mit vielen zeitgenössischen Photos. EUR [D/A] 15.90/16.40

»*Der beste Bildband über Kafka.*« DIE ZEIT

Klaus Wagenbach
Franz Kafka. Bilder aus seinem Leben

Vierte, veränderte und stark erweiterte Neuausgabe des klassischen Bildbands mit vielen neuen Photographien und Dokumenten.

Leinen mit Schutzumschlag. 256 Seiten mit ca. 700 Abbildungen, Duotone
EUR [D/A] 39.–/40.10

Franz Kafka Brief an den Vater

Franz Kafkas »Brief an den Vater« prägte unser Bild von Hermann Kafka. Die neu aufgefundenen Erinnerungen des Lehrjungen Frantisek Basík an seine Jahre in der Galanteriewarenhandlung der Kafkas vermitteln allerdings überraschend andere Eindrücke.

Hg. von Hans-Gerd Koch. Gebunden mit vielen Abbildungen. 144 Seiten. EUR [D/A] 19.50/20.10

Franz Kafka In der Strafkolonie
Eine Geschichte aus dem Jahr 1914

Franz Kafkas Erzählung in ihrer zeitlichen, biographischen, literarischen und politischen Umgebung.

»*Ein vorbildliches Buch, ein Beispiel, wie man, ohne den Leser zu bevormunden, ein Stück Literatur so mit Materialien zum Thema umgibt, dass dadurch ein besseres Verständnis entsteht.*« Gisela Lindemann, NDR

Herausgegeben von Klaus Wagenbach, mit Quellen, Chronik und Anmerkungen. WAT 319. 128 Seiten
EUR [D/A] 8.90/9.20

Franz Kafka Eine Chronik

Die erste vollständige, zuverlässige Chronik zu Leben und Werk Kafkas, aus dem Zentrum der Kafka-Forschung.

Zusammengestellt von Roger Hermes, Waltraud John, Hans-Gerd Koch und Anita Widera
WAT 338. 224 Seiten. EUR [D/A] 11.50/11.90

... aus Prag in Böhmen

Klaus Wagenbach   Kafkas Prag
Ein Reiselesebuch

Ein Portrait der literarischen und biographischen Orte Kafkas in seiner Heimatstadt, in Text und Bild.

»*Ein wunderschönes Buch. Noch nie wurden die Bilder so kenntnisreich präsentiert und so liebevoll kommentiert.*«   Frankfurter Allgemeine Zeitung

SALTO. 144 Seiten mit vielen Photos. EUR [D/A] 15.90 / 16.40

Klaus Wagenbach
Franz Kafka. Biographie seiner Jugend

Die klassische Biographie über den jungen Kafka – eine immer wieder zitierte Quelle aller nachfolgenden biographischen Arbeiten. Erweitert und neu kommentiert.

»*Die bestmögliche Biographie des jungen Kafka.*«
      Siegrid Löffler, Literaturen

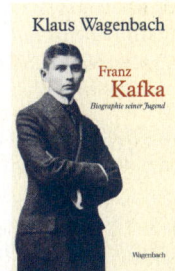

Gebunden mit Schutzumschlag. 384 Seiten mit vielen Abbildungen
Lesebändchen. EUR [D/A] 29.50 / 30.40

*»Man nimmt das Buch gern in die Hand –
fast könnte man meinen, der Verleger habe hier
den Beweis antreten wollen,
dass in kleinen, unabhängigen Verlagen
die Bücher mit mehr Liebe gemacht würden…«*

Hubert Spiegel, Frankfurter Allgemeine Zeitung

Falls Sie unsere Bücher nicht finden (oder landeinwärts wohnen), bestellen Sie direkt beim Verlag oder im Internet unter **www.wagenbach.de** – wir leiten Ihre Bestellung dann an eine Buchhandlung weiter:

Name:

Straße:

PLZ/Ort:

E-Mail:

Datum, Unterschrift:

Alle Bestellungen können Sie innerhalb von zehn Tagen (Datum des Poststempels) widerrufen.

❐ Wenn Sie mehr über den Verlag und seine Bücher wissen möchten, bestellen Sie hier die *Zwiebel*, unseren Westentaschenalmanach mit Gesamtverzeichnis, Lesetexten aus den neuen Büchern und Photos. *Jährlich! Kostenlos!*
Auf Lebenszeit (Ihre und unsere)!
Oder stöbern Sie unter **www.wagenbach.de** in unserem Programm.

Verlag Klaus Wagenbach

Emser Straße 40/41   10719 Berlin
Telefon: 030/23 51 51 0   Fax: 030/211 61 40
mail@wagenbach.de   www.wagenbach.de

Werbemittelnummer: 9962

einer Schicht schlecht gerührter Vanillesoße überzogen oder mit Rührei beklebt. Doch man sah Miss S. selten genug wirklich glücklich, und das Anstreichen ihres Wagens gehörte zu diesen wenigen Gelegenheiten. Ein paar Jahre vor ihrem Tod erwarb sie noch einen kleinen dreirädrigen *Reliant Robin* (um weitere Sachen darin zu verstauen). Der war schon gelb, als sie ihn kaufte, aber das ersparte ihm nicht die Extraschicht Farbe, die sie wie Monet persönlich auftrug – nach jedem Pinselstrich ein Schritt zurück, um die Wirkung zu betrachten. Der *Reliant Robin* stand vor meinem Gartentor. Anfang dieses Jahres wurde er abgeschleppt, und die gelben Tropfen auf dem Bordstein sind alles, was von seinem letzten Standort zeugt.

Januar 1971. Im Gloucester Crescent nimmt Mildtätigkeit kultivierte Formen an. Die Verleger im Nachbarhaus publizieren irgendein Werk der klassischen Antike und haben gestern zur Feier des Erscheinens ein römisches Abendessen gegeben. Heute morgen klopfte das Au-pair-Mädchen mit einem Tablett voller römischer Reste an das Fenster des Lieferwagens. Doch es ist nie leicht, Miss S. zu helfen. Heute nacht, kurz nach Mitternacht, sah ich sie einen Stock schwenkend den Crescent heraufkommen und hörte, wie sie jemanden aufforderte, zu verschwinden. Darauf war ein klagender Mittelklasse-Akzent zu vernehmen: »Aber ich habe doch nur gefragt, ob es Ihnen gutgeht.«

Juni 1971. Kaum ein Tag vergeht ohne irgendeinen Zwischenfall mit der alten Dame. Gestern abend gegen zehn Uhr schwenkt ein Sportwagen hinüber auf ihre Straßenseite, und der schicke, reiche Fahrer Mitte Zwanzig hämmert an das Seitenblech des Lieferwagens, wahrscheinlich um seiner grinsenden Begleiterin die alte Hexe vorzuführen, die darin lebt. Ich schreie ihn an, er drückt auf die Hupe und rast davon. Miss S. will natürlich die Polizei benachrichtigen, aber ich sehe darin keinen Sinn, und um fünf Uhr morgens sehe ich dann doch tatsächlich zwei Polizisten, die mehr oder weniger das gleiche Spielchen treiben: Sie leuchten mit ihren Taschenlampen in die Wagenfenster, damit sie vielleicht aufwacht und ihre langweilige Streife ein wenig unterhaltsamer werden läßt. Heute abend kommt ein weißes Auto spektakulär im Rückwärtsgang die Straße herauf und hält neben dem Lieferwagen, ein stämmiger junger Mann springt heraus und schüttelt ihn heftig. Ich nehme an (oder hoffe wohl eher), daß er verschwunden ist, bis ich draußen bin, aber er ist noch da, und ich frage ihn, was zum Teufel er da tut. Seine Antwort fällt recht milde aus. »Was ist denn mit dir los, Alter?« fragt er. »Bist du immer noch beim Fernsehen? Bist du nervös? Du zitterst ja am ganzen Körper.« Dann nennt er mich einen beschissenen Penner und fährt weg. Nach all der Aufregung ist Miss S. natürlich gar nicht im Lieferwagen, und wie üblich bin ich am Ende wütender auf sie als auf den Rüpel.

Diese Übergriffe schadeten meiner Seelenruhe sicher mehr als ihrer. Wer so wie sie lebt, muß bestimmt jeden Tag solche Grausamkeiten ertragen. Einige Standbetreiber vom Markt in der Inverness Street verfolgten sie mit geradezu mittelalterlichem Eifer – auch Kinder, die solche leichtfertigen Grausamkeiten ebensooft erleiden wie austeilen. Eines Nachts zerschlugen zwei Betrunkene systematisch sämtliche Fensterscheiben des Lieferwagens, und eine umherfliegende Glasscherbe schnitt ihr ins Gesicht. Obwohl sie über jede kleine Unhöflichkeit in Wut geriet, war sie davon nur leicht verstimmt. »Vielleicht haben sie aus Versehen zuviel getrunken«, sagte sie. »Das kommt vor, womöglich durch zuwenig Essen. Ich möchte keine Anzeige erstatten.« Viel mehr interessierte sie »ein rothaariger Kerl, den ich auf dem Parkway gesehen habe, in Begleitung von Mr. Chruschtschow. Ist er in jüngster Zeit von der Bildfläche verschwunden?«

Mich jedoch begann dieser Sadismus, diese Intoleranz direkt vor meiner Haustür zu deprimieren, und die ständige Alarmbereitschaft wegen irgendwelcher hirnloser Angriffe machte jede Arbeit unmöglich. Es kam der Tag, an dem ich ihr nach einer langen Reihe solcher Vorkommnisse vorschlug, sie möchte doch wenigstens die Nächte in dem Schuppen an der Seite meines Hauses verbringen. Zunächst reagierte sie wie auf jede Veränderung unwillig, doch im Laufe der nächsten beiden Jahre zog sie nach und nach aus dem Lieferwagen in den Schuppen.

Als ich ihr in meinem Garten Zuflucht gewährte und mir selbst eine Mieterin aufhalste, die schließlich fünfzehn Jahre lang bei mir blieb, gab ich mich keiner Illusion über die wohltätigen Impulse meines Handelns hin. Natürlich war ich auch wütend, daß ich mich zu einem solchen Schritt entschließen mußte. Aber ebenso wie sie, womöglich mehr noch als sie, wollte ich ein ruhiges Leben führen. Im Garten war sie zumindest aus der Schußlinie.

Oktober 1973. Ich habe eine Leitung zum Schuppen verlegt und muß nun regelmäßig Miss Shepherds elektrischen Heizer instand setzen, weil sie ständig zu viele weitere Geräte an dessen eingebaute Steckdose anschließt. Ich hocke also auf der Eingangstreppe und fummele an der durchgebrannten Sicherung herum, während sie im Schuppen auf dem Boden hockt. »Ist Ihnen nicht kalt? Sie könnten hier hereinkommen. Ich könnte eine Kerze anmachen, dann wäre es ein bißchen wärmer. Die Kröte ist ein- oder zweimal hereingekommen. Sie hat eine Nacktschnecke mitgebracht. Ich glaube, sie liebt diese Nacktschnecke womöglich. Ich habe versucht, sie hinauszubefördern, und das hat die Kröte sehr verstört. Ich dachte schon, sie würde mich angreifen.« Sie klagt, daß der Schuppen zu klein für sie sei, und schlägt vor, daß ich ihr ein Zelt besorge, in dem sie dann ein paar ihrer Sachen verstauen könnte. »Das wäre nur einen Meter hoch und müßte eigentlich auf einer Wiese aufgeschlagen werden. Und dann gibt es noch die unzerbrechlichen Gewächshäuser. Oder man könnte auch etwas aus alten Regenmänteln basteln, womöglich.«

März 1974. Die Bezirksverwaltung führt im Crescent Parkverbote ein. Für die Anwohner werden Parkbuchten eingerichtet, der Rest der Straße mit gelben Linien am Rand versehen, die das Parken untersagen. Zu Anfang sind die Straßenarbeiter sehr verständnisvoll, ziehen die gelbe Linie bis zum Heck des Lieferwagens und beginnen vorne von neuem, so daß der Wagen formal betrachtet immer noch vorschriftsmäßig parkt. Doch inzwischen ist ein höherer Beamter eingeschritten und hat das Abschleppen des Fahrzeugs angeordnet, weshalb schon die ganze Woche hektische Aktivität ausgebrochen ist. Miss S. transportiert ganze Ladungen von Plastiktüten über die Straße und durch den Garten in den Schuppen. Sie glaubt zwar, daß ihr Wagen unter göttlichem Schutz steht, trifft aber trotzdem Vorsichtsmaßnahmen gegen das Abschleppen und bringt ihre Habseligkeiten in Sicherheit. Sie hat eine Botschaft verfaßt, in der das Vorgehen der Bezirksverwaltung als ungesetzlich gebrandmarkt wird und die jetzt ungelesen hinterm Scheibenwischer klemmt. »Die Verfügung ist am Sonntag ausgestellt worden. Ich glaube, sonntags kann man nur Durchsuchungsbefehle ausstellen, sonst womöglich nichts. Für all die guten Dinge, die ich zum Wohle der Wirtschaft verkauft habe, sollte man mir doch wenigstens Freizügigkeit zugestehen.« Besondere Sorgen macht sie sich wegen der Reifen des Lieferwagens, die »womöglich Wunderkräfte besitzen. Sie sind seit 1964 nur zweimal aufgepumpt worden. Sollte ich ein anderes Fahrzeug bekommen,« – und Lady W. hat schon angedroht, ihr eins zu kaufen – »möchte ich, daß die alten Reifen ummontiert werden.«

Der alte Lieferwagen wurde im April 1974 abgeschleppt, und Lady W. (»Eine adlige katholische Dame«, wie Miss S. sie immer bezeichnete) stellte ihr einen neuen (wenn auch gebrauchten) zur Verfügung. Lady W. war jedoch verständlicherweise nicht besonders erpicht darauf, ihn vor ihrer Haustür stehen zu haben, und so landeten Miss S. und ihr Lieferwagen schließlich und unvermeidlich in meinem Garten. Dieser Lieferwagen war sogar fahrbereit, und Miss S. bestand darauf, ihn selbst durch die Einfahrt in meinen Garten zu manövrieren, wobei sie wieder ihr gesamtes Repertoire an Handzeichen vorführen konnte. Nachdem der Wagen am richtigen Platz angekommen war, zog sie die Handbremse mit solcher Entschlossenheit an, daß sie, wie das Schwert Excalibur im Stein, niemals wieder gelöst werden konnte und schließlich so gründlich festrostete, daß der Lieferwagen beim Abtransport zehn Jahre später vom Kran des städtischen Bauamtes über die Gartenmauer gehievt werden mußte.

Dieser Lieferwagen (ebenso sein Nachfolger, der im Jahr 1983 erworben wurde) besetzte nun die gepflasterte Fläche zwischen meiner Haustür und dem Gartentor. Die Kühlerhaube ragte fast bis an meine Eingangsstufen, die Hecktür, durch die Miss S. ein- und auszusteigen pflegte, war nur wenige Handbreit vom Tor entfernt. Wer mich also besuchen wollte, mußte sich zunächst am Heck des Lieferwagens vorbeizwängen und dann an der Seite entlanggehen. Während die Besucher vor meiner Tür warteten, wurden sie vom Miss Shepherd durch die trübe Windschutzscheibe beobachtet. Wenn sie Pech hatten, stand die Hecktür offen, und Miss S. ließ ihre voluminösen weißen Beine über die Stoßstange baumeln. Das Innere des Gefährts, eine schwärende Halde aus alten Kleidern, Plastiktüten und halb gegessenen Mahlzeiten, ließ sich nur schwer ignorieren, doch wenn irgendein ihr Unbekannter es wagte, das Wort an Miss S. zu richten, schwang sie sofort ihre Beine nach drinnen und zog die Klappe zu. In den ersten paar Jahren ihres Aufenthalts in meinem Garten versuchte ich, verstörten Gästen noch zu erklären, wie es zu dieser Situation kommen konnte, doch nach einer Weile wurde es mir gleichgültig, und wenn ich es nicht erwähnte, tat es auch sonst niemand.

Nachts bot sich ein besonders unheimliches Bild. Ich hatte ein Stromkabel für Licht und Heizung zum Lieferwagen gelegt, und durch die zerschlissenen Vorhänge, die an den Fenstern hingen, konnte der Besucher die geisterhafte Gestalt von Miss S. erblicken, oft auf Knien, zum Gebet gebeugt, oder auf der Seite liegend wie ein Leichenbildnis in der Gruft, das Gesicht auf eine Hand gebettet, den Beiträgen von *Radio BBC 4* lauschend. Wenn sie irgendein Geräusch hörte, knipste sie sofort das Licht aus und wartete wie ein aufgeschrecktes Tier, bis sie sich überzeugt hatte, daß die Luft wieder rein war und sie das Licht wieder einschalten konnte. Sie legte sich früh schlafen und beschwerte sich regelmäßig, wenn Besucher zu spät kamen oder gingen. Einmal verließ die Schauspielerin Coral Browne das Haus mit ihrem Mann, dem berühmten Horrorfilmdarsteller Vincent Price, und die beiden unterhielten sich leise. »Ein bißchen leiser da draußen«, schnappte die Stimme aus dem Lieferwagen, »ich versuche hier zu schlafen.« Der Mann, der Millionen von Menschen das Fürchten gelehrt hatte, bekam so unerwartet selbst den nächtlichen Schrecken zu spüren.

Dezember 1974. Miss S. hat mir erklärt, warum der alte Bedford nicht mehr laufen wollte, »womöglich«. Sie hatte selbstgemachtes Benzin in den Tank gefüllt, nachdem sie vor einigen Jahren eine Rezeptur für Benzinersatz in einer Zeitung entdeckt hatte. »Es bestand aus einem Löffel Benzin, vier Litern Wasser und einer Prise von irgendwas, was man in jedem normalen Geschäft kaufen konnte. Ich hatte mir in den Kopf gesetzt, ich weiß auch nicht, wieso, daß es sich um Waschsoda, also um Natriumkarbonat handelte, aber das war wohl falsch. Es muß entweder Natriumchlorid oder Natriumnitrat sein, aber ich habe inzwischen erfahren, daß Natriumchlorid einfach Kochsalz ist, und das andere wollte mir der Mann in der Drogerie nicht verkaufen, weil es explosiv sein kann. Obwohl man doch meinen sollte, daß er mir als älterem Menschen etwas mehr Verantwortungsbewußtsein zutrauen würde. Aber vielleicht verhält es sich nicht bei allen älteren Damen so.«

Februar 1975. Miss S. klingelt an der Tür, und als ich öffne, steuert sie geradewegs auf die Treppe zur Küche zu. »Ich würde gern mit Ihnen sprechen. Ich habe es schon mehrmals versucht. Aber ich würde gern zuerst die Toilette benutzen.« Ich wende ein, daß das doch wohl ein bißchen aufdringlich sei. »Ich bin ganz und gar nicht aufdringlich. Aber ich kann ein besseres Interview geben, wenn ich vorher zur Toilette darf.« Danach setzt sie sich in ihrem grünen Regenmantel und dunkelroten Kopftuch an meinen sauberen, geschrubbten Küchentisch, klopft mit den Fingerknöcheln ihrer großen, fleckigen Hand auf die Tischplatte und erklärt mir, daß sie sich einen Weg überlegt habe, »in den Rundfunk zu kommen«. Ich sollte die BBC bitten, mir eine Sendung mit Höreranrufen zu geben (»Jemand wie Sie kann das doch im Nu bewerkstelligen«), und dann würde sie mich von meinem Haus aus anrufen. »Oder ich könnte mich bei dieser Frauensendung *Petticoat Line* melden. Ich weiß ganz bestimmt mehr über Moral als die meisten, die dort zu Wort kommen. Ich könnte auch mein Lied am Telefon singen. Es ist ein schönes Lied, es heißt ›The End of the World‹. Ich werde es jetzt im Augenblick nicht zum Besten geben, aber am Telefon würde ich wahrscheinlich. Man muß der Vernunft Gehör verschaffen und Wissen verbreiten. Es könnte alles anonym bleiben. Ich könnte als ›Die Lady hinterm Vorhang‹ vorgestellt werden. Oder ›Eine britische Frau‹. Man könnte es als Pseudonym betrachten.« Diese Idee von der Frau hinterm Vorhang gefällt ihr offenbar, sie arbeitet sie weiter aus und zeigt mir, wo er in meinem Wohnzimmer hängen könnte – zufällig befinden sich auf ihrer Seite des Vorhangs Lehnsessel und Fernseher. Sie könnte hinterm Vorhang sitzen, erläutert sie mir also, ab und zu ihre Sendungen machen, und den Rest der Zeit »im Fernsehen zu Gast sein, ein wenig Zivilisation schnuppern. Vielleicht könnte es auch Pausen geben, mit schöner klassischer Musik. Ich wüßte was: Präludium und Liebestraum von Liszt. Ich glaube, er war katholischer Priester. Liebestraum hat bei ihm natürlich nichts mit dem Sexzeug zu tun. Es geht um die Liebe zu Gott, die Heiligkeit der Arbeit und so weiter, und damit würde es auch gut zu zölibatär lebenden Menschen wie Ihnen und mir passen, womöglich.« Dieser Versuch, ihre Lebensverhältnisse mit meinen auf eine Stufe zu stellen, schockiert mich, und ich weise ihr rasch die Tür, und obwohl es draußen bitter kalt ist, öffne ich die Fenster, um den Geruch zu vertreiben.

Die Frau hinterm Vorhang blieb eins ihrer Lieblingsprojekte, und 1976 schrieb sie an *Aiman* (statt Eamonn) Andrews: »Nun, da die Sendung ›*This Is Your Life*‹ wegen zu hoher Kosten usw. zu Ende geht, könnte ich ja meinen Beitrag als ›*Die Lady hinterm Vorhang*‹ leisten. Sie brauchen nur einen Vorhang, der mich verbirgt, aber meine vernünftigen Antworten auf verschiedene Fragen durchläßt. Vernunft ist vonnöten.« Auch Hygiene war vonnöten, und womöglich in der Absicht, mich von der Notwendigkeit des Vorhangs zu überzeugen, brachte sie das Thema selbst ins Spiel: »Ich bin von Natur aus ein sehr reinlicher Mensch. Ich habe vor einigen Jahren eine Urkunde für ein sauberes Zimmer bekommen, und meine Tante, die immer makellos sauber war, hat gemeint, ich sei das sauberste Kind meiner Mutter, vor allem an den Stellen, die man nicht sieht.« Wie sie ihre Bedürfnisse regelte, vermochte ich nie zu durchschauen. Nur einmal bat sie mich, ihr Toilettenpapier zu kaufen (»Damit wische ich mir das Gesicht ab«), doch was auch immer in dieser Hinsicht vor sich ging, es schien irgend etwas mit den Plastikbeuteln zu tun zu haben, die sie jeden Morgen aus ihrem Lieferwagen schleuderte. Als sie noch Treppen steigen konnte, benutzte sie ganz selten meine Toilette, aber ich ermunterte sie nicht dazu; hier, auf der Schwelle meines Bades, endete meine Wohltätigkeit. Als ich Umbauten an meinem Haus vornehmen ließ (und mir offenbar Sorgen machte, was die Maurer denken könnten), sagte ich ihr ganz tapfer, es rieche nach Urin. »Na, was erwarten Sie denn, wenn man mir den ganzen Tag Backsteine auf den

Kopf wirft? Und außerdem glaube ich, hier ist eine Maus. Das würde den käsigen Geruch erklären, womöglich.«

Miss S. kam jeden Tag mit dramatischem Auftritt aus dem Lieferwagen. Plötzlich und ohne Vorwarnung flog die Hecktür auf und gab den Blick auf die Vorhangfetzen frei, die das grausige Innere verbargen. Nach einer kurzen Pause wurden mehrere prallgefüllte Plastikbeutel durch die Schleier geworfen. Wieder einen Moment Stille, bevor ein Fuß in einem Pantoffel, daran ein kräftiges Bein, erschien und nach dem Boden tastete, so daß man einen ersten Eindruck von der Tagesgarderobe bekam. Dazu gehörte immer eine Kopfbedeckung: eine schwarze Eisenbahnerkappe mit langem Schirm, die sie etwas schräg aufsetzte, so daß sie wie ein betrunkener Schrankenwärter oder ein französischer Wachsoldat des späten 19. Jahrhunderts aussah; dann gab es noch ihre Charlie-Brown-Baseballkappe; und im Juni 1977 trug sie einen achteckigen, aus Stroh geflochtenen Untersetzer auf dem Kopf, den sie mit einem Chiffonschal festband und mit einem Schirm aus Pappe versah. Außerdem trug sie gern grüne Augenschirme. Ihre Röcke sahen aus wie Teleskope, weil sie des öfteren durch einfaches Annähen eines Stoffstreifens am Saum verlängert worden waren, ohne Rücksicht auf passende Farbkombinationen. Ein Rock bestand aus mehreren zusammengenähten, orangefarbenen Staubtüchern. Wenn sie mit Ämtern und Ordnungshütern in Konflikt kam, schob sie das auf ihre Kleidung. Einmal rief mich die Polizei spät abends aus Tunbridge Wells an. Die Polizisten hatten sie am Bahnhof aufgegriffen, weil sie ihr Kleid für ein Nachthemd gehalten hatten. Sie war entrüstet. »Sieht es etwa wie ein Nachthemd aus? Heutzutage sieht man jede Menge Leute mit solchen Kleidern. Ich glaube, bis Tunbridge Wells ist dieser Stil noch nicht gedrungen.«

Miss S. trug selten Socken und abwechselnd schwarze Pumps oder braune Pantoffeln. Sie hatte große Hände und Füße und war überhaupt, wie meine Großmutter sich ausgedrückt hätte, »eine grobknochige Frau«. Sie entstammte der

Mittelschicht und sprach auch so, obwohl ihr streitsüchtiges und oft haßerfülltes Auftreten den Eindruck verwischte; ihre Stimme klang nicht gepflegt oder vornehm. Ihr Vokabular enthielt noch Spuren von Schulmädchenjargon. Sie sagte selten, daß sie müde war, sondern »fix und alle«; Benzin hieß »Sprit«; und wenn sie nicht besonders scharf auf jemanden war, sagte sie, »die können mir im Mondschein begegnen«. Jede Unterhaltung war mit typischen Redewendungen ihres ganz besonderen katholischen Fanatismus gewürzt (»Die ernste Bedeutung gerechter Werke«). Das war die Sprache der Traktate, die sie verfaßte, und das »womöglich«, mit dem sie so viele ihrer Sätze beendete, war ein Echo des Satzes, den sie all ihren Handzetteln voranstellte: »Der römisch-katholischen Kirche in all ihren Rechten usw. untertan.«

Mai 1976. Ich habe mir eine Fuhre Mist für den Garten liefern lassen, und da der Misthaufen nicht weit vom Lieferwagen liegt, macht Miss S. sich Sorgen, daß Passanten auf den Gedanken kommen könnten, der Geruch stamme von ihr. Sie möchte, daß ich ein Schild des Inhalts ans Gartentor hänge, daß der Geruch vom Mist und nicht von ihr kommt. Ich lehne ab, ohne zu erwähnen (wie ich es mit gutem Recht könnte), daß der Mist tatsächlich besser riecht als sie.

Ich arbeite im Garten, als Miss B., die Sozialarbeiterin, mit einer Kiste gebrauchter Kleider vorbeikommt. Miss S. öffnet die Tür des Lieferwagens nur widerwillig, da sie gerade der Frage-und-Antwort-Sendung *Any Answers* lauscht, aber schließlich rutscht sie doch noch auf dem Hinterteil zur Tür und untersucht die Kleidung. Sie ist nicht gerade begeistert.

MISS S.: Ich habe doch nur um einen Mantel gebeten.

MISS B.: Na ja, ich habe drei mitgebracht, weil Sie ja vielleicht mal etwas Abwechslung haben möchten.

MISS S.: Ich habe gar keinen Platz für drei Mäntel. Außerdem wollte ich diesen hier in naher Zukunft waschen. Das wären dann schon vier.

MISS B.: Das hier ist mein alter Regenmantel aus Schwesterntagen.
MISS S.: Ich habe schon einen Regenmantel. Und grün steht mir nicht. Haben Sie den Stock?
MISS B.: Nein. Der wird noch geliefert. Er mußte erst speziell angefertigt werden.
MISS S.: Ist er auch lang genug?
MISS B.: Ja. Es ist ein Spezialstock.
MISS S.: Ich will keinen Spezialstock. Ich will einen ganz normalen Stock. Nur länger. Hat er so ein Gummidings am Ende?

Als Miss B. gegangen ist, sitzt Miss S. in der Tür des Lieferwagens und wendet den Inhalt des Kartons nach allen Seiten wie ein neugieriger Schimpanse, hält die Kleidungsstücke hoch, schnüffelt daran und murmelt sich etwas in den Bart.

Juni 1976. Ich sitze auf den Eingangsstufen und flicke mein Fahrrad, als Miss S. zum Abendspaziergang aus dem Lieferwagen steigt. »Am Samstag bin ich nach Devon gefahren«, sagt sie. »Mit so einer Gratifikation.« Ich nehme an, sie meint Gratisaktion: Am letzten Wochenende hat British Rail landesweit allen Rentnern freie Fahrt gewährt. »Bin nach Dawlish gefahren. Sehr nette Leute. Der Mann aus dem Lautsprecher hat uns Damen und Herren genannt, so gehört es sich auch. Ein Mensch hat herumgeschrien, aber das war keiner von uns – der Sohn von irgend jemandem, glaube ich.« Und beinahe zum ersten Mal lächelt sie und erzählt, wie sie sich alle in einen Waggon gedrängelt hätten, eine große Menschenmenge, und wie man sie emporgehoben hat. »Das hätte man filmen müssen«, sagt sie. »Ich habe an Sie gedacht.« Und da steht sie nun in ihrem verdreckten Regenmantel, schlaffe graue Strähnen hängen aus ihrem Kopftuch. Ich bin dankbar, daß die Menschen nett zu ihr waren, und frage mich, wie es wohl den ganzen heißen Nachmittag lang in dem Waggon gewesen ist. Dann erzählt sie mir von einer Sendung über den Dichter Francis Thompson, die sie im Rundfunk gehört hat, daß er Priester werden wollte, aber das Gefühl hatte, in seiner Berufung versagt zu haben und statt dessen Landstreicher wurde. Und dann geschieht etwas Ungewöhnliches: Sie fängt an, mir von ihrem Leben zu erzählen, daß sie zweimal versucht hat, Nonne zu werden, sich als Novizin ins Klosterleben einweisen ließ, aber wegen schlechter Gesundheit vom Eintritt Abstand nehmen mußte, und daß sie danach viele Jahre das Gefühl hatte, versagt zu haben. Aber das stimmt nicht, es war kein Versagen. »Wenn ich modernere Kleidung hätte tragen können, mehr Schlaf und mehr frische Luft bekommen hätte, dann hätte ich es womöglich geschafft.«

»Eine kleine Ausschweifung«, so nannte sie ihren Ausflug nach Dawlish. »Meine Ausschweifung.«

Juni 1977. Am Tag des 25jährigen Thronjubiläums hat Miss S. eine britische Papierflagge an die geborstene Rückscheibe des Lieferwagens geklebt. Sie ist im Gloucester Crescent die einzige, die Flagge zeigt. Gestern trug sie ein Kopftuch, an dem vorne mit zwei großen Sicherheitsnadeln quer ein blauer Küchenschwamm befestigt war, der sie wie ein Mützenschirm vor dem (sehr dunstigen) Sonnenlicht schützen sollte. Es sah aus wie das Abzeichen eines mittelalterlichen Ritters oder wie ein Haarband, das böse Geister abwehren sollte. Aber es war immer noch besser als die Nummer der letzten Woche, eine Mütze des deutschen Afrika-Korps aus dem Militaria-Geschäft an der Hampstead Road: Miss Shepherd, der Wüstenfuchs.

September 1979. Miss S. zeigt mir ein Foto, das sie von sich in einer Fotokabine im Bahnhof Waterloo gemacht hat. Ihr Gesicht hängt am unteren Rand des Bildes, ihre Mundwinkel deuten nach unten, und das Bild sieht aus, als sei es nach ihrem Tod aufgenommen. Ihr gefällt es sehr gut. »Normalerweise bin ich auf Fotos nicht gut getroffen. Das ist das erste Foto, auf dem ich einigermaßen wie ich selbst aussehe.« Sie möchte zwei Abzüge davon haben. Ich weise sie darauf hin, daß es einfacher wäre, sie führe noch einmal nach Waterloo und machte zwei weitere Fotos. Nein – das »würde sie nicht verkraften«. »Ich habe mal in Frankreich ein Foto von mir machen lassen, mit einundzwanzig oder zweiundzwanzig Jahren. Dafür mußte ich bis ins nächste Dorf laufen. Auf dem Foto habe ich geschielt. Neulich habe ich das Bild einer Frau in ihrer Busdauerkarte gesehen, und sie sah darauf aus wie ein Nigger. Man will doch nicht aussehen wie ein Nigger, wenn es sich vermeiden läßt, nicht wahr?«

Juni 1980. Miss S. hat wieder ihre Sommerausstattung angelegt: ein gewendeter Regenmantel mit braunem Baumwollfutter und einem großen eingenähten Schild, das ihn als *Emerald Weatherproof* ausweist. Dazu ein fliederfarbener Chiffonschal, mit dem der Sonnenschutz festgebunden ist, den sie aus einer alten Cornflakes-Packung gebastelt hat. Sie hat mich gebeten, etwas für sie einzukaufen. »Ich möchte eine kleine Packung *Eno's* Abführmittel, Milch und Gummibärchen. Die Gummibärchen sind nicht so dringend. Ach, und Mr. Bennett, könnten Sie mir wohl eine von diesen kleinen Whiskyflaschen mitbringen? *Bell's* ist ganz gut, glaube ich. Ich trinke ihn nicht – ich nehme ihn nur zum Einreiben.«

August 1980. Ich drehe einen Film, und Miss S. sieht mich jeden Morgen früh aus dem Haus gehen und spät wiederkommen. Heute abend steckt sie ihre hagere Hand aus dem Wagen und hält mir einen Brief hin, auf dem »Zur geflissentlichen Beachtung« steht:

Mr. Bennett könnte sein Geld auf leichtere Art verdienen, durch meine Mitarbeit womöglich. Zwei junge Männer könnten mir im Auto folgen, einer mit einer Kamera, und daraus einen lustigen Film machen, so wie Old Mother Riley Joins Up. Wenn das Auto liegenbleibt, schieben sie es weiter. Oder sie könnten ein ganzes Stück Bus mit ihr fahren. Manchmal bekommt man eine Komödie, ohne daß man sich darum bemüht, oder zumindest könnte sich ein interessanter

Film über eine Seniorin ergeben, die Bus fährt. An einem Tag nach Hounslow, am nächsten nach Reading oder Heathrow. Die Busgesellschaft würde sich bestimmt freuen, aber man müßte sie wohl um Erlaubnis fragen. Dann könnte Mr. Bennett ein bißchen öfter die Füße hochlegen und bräuchte womöglich nur noch sein Geld zu zählen.

Oktober 1980. Miss S. entwickelt den heftigen Wunsch nach einem Wohnwagen, gerade ist ihr einer entgangen, den sie in einem Kleinanzeigenblatt entdeckt hat: »Tüllgardinen in allen Fenstern, drei Schlafkojen«. »Die würde ich natürlich nicht alle benutzen, außer«, so schränkt sie drohend ein, »um Sachen darauf zu verstauen. Hübsche kleine Fenster – für £ 275. Sie haben mir erzählt, er sei schon verkauft, aber vielleicht haben sie auch gedacht, ich sei bloß eine alte Landstreicherin ... Ich habe schon daran gedacht, Mrs. Thatcher ein wenig mit der Wirtschaft zu helfen. Dafür würde ich gar kein Geld verlangen, ich bekomme ja Sozialhilfe, es wäre also preiswert für sie. Aber ich würde um ein paar Vergünstigungen bitten. Zum Beispiel einen Wohnwagen. Ich würde ihr ja schreiben, aber sie ist unterwegs. Ich weiß, was not tut. Es ist ganz einfach: Gerechtigkeit.«

Keine Partei entsprach in ihrem Programm vollständig den Ansichten von Miss S., obwohl die *National Front* dem ziemlich nahe kam. Sie war leidenschaftliche Antikommunistin und hatte schon 1945 einen Brief an Jesus geschrieben, über »die schreckliche Lage, die nach dem Vertrag von Jalta zu befürchten sei«. Das Problem war vor allem, daß ihre politischen Ansichten, die ohnehin nie moderat waren, durch ihre sehr eigenwilligen Vorstellungen von den körperlichen und charakterlichen Eigenschaften des Menschen beeinflußt wurden. »Älter« bedeutete unweigerlich »weiser«, worüber sich zwar streiten läßt, was aber zumindest nachvollziehbar schien; doch für Miss S. bedeutete auch »größer« in jedem Fall »weiser«.

Körpergröße hatte allerdings auch Nachteile, und vielleicht glaubte sie wegen ihrer eigenen Maße, daß mit zunehmender Länge auch die Last wuchs, die auf den betreffenden Schultern ruhte. Obwohl sie also in jeder Hinsicht mit Edward Heath übereinstimmte – abgesehen vom Gemeinsamen Markt, der Europäischen Wirtschaftsgemeinschaft –, »so glaube ich persönlich doch, daß Mr. Wilson in Hinsicht auf Europa den besseren Blickwinkel hatte, weil er mit geringerem Einkommen auf der Oppositionsbank saß und weil er älter, kleiner und deshalb weniger belastet war«. Sie war eine entschiedene Gegnerin des Gemeinsamen Marktes – wenn sie etwas darüber auf den Bürgersteig schrieb, unterstrich sie immer »Gemeinsam«, als sei es die vulgäre Kumpanei der Wirtschaftsgemeinschaft, die ihr besonders aufstieß. Ihre Pamphlete waren selten besonders luzide, aber im Hinblick auf die EWG klang sie besonders verwirrt. »Vor nicht allzu langer Zeit hat einmal jemand geschrieben oder hat darüber nachgedacht zu schreiben (sie weiß es nicht mehr, vielleicht war es auch von beidem ein bißchen), daß sie sich vom Eintritt in den Gemeinsamen Markt distanziert, und zwar vor allem wegen der zu befürchtenden Ungerechtigkeiten, die damit zusammenhängen, oder etwas in der Art.« »Enoch«, wie sie Mr. Powell, den Gründer der Britischen Faschisten, stets nur nannte, hatte recht gehabt, sie schrieb ihm mehrere Briefe, um ihm das mitzuteilen, doch da es, wie gesagt, keine Partei gab, die ihren Vorstellungen völlig entsprach, gründete sie eine eigene, die Fidelis-Partei. »Das wird eine Partei sein, die sich um Gerechtigkeit bemüht (und daher auch keine Opposition benötigt). In der heutigen Welt mit ihrer gewaltigen Ignoranz braucht man zur Durchsetzung von Gerechtigkeit womöglich einen gutwilligen Diktator.«

Miss S. sah sich nie am unteren Ende der sozialen Skala. Der Platz gehörte »den verzweifelten Armen« – d.h. den Menschen ohne Dach über dem Kopf. Sie selbst stand »eine Stufe über denen in ernster Notlage«, und sie sah es als eine ihrer gesellschaftlichen Pflichten an, für genau jene Partei zu ergreifen

– für all die, deren Mühsal Mrs. Thatcher ihrer Ansicht nach übersehen hatte. Wenn man sie nur darauf aufmerksam machen konnte (und sie schrieb Mrs. T. mehrere Briefe zu diesem Thema), dann würden die Verbesserungen sicher nicht lange auf sich warten lassen.

Gelegentlich schrieb sie auch an andere Figuren des öffentlichen Lebens. So im August 1978 an das Kardinalskollegium, das gerade dabei war, einen neuen Papst zu wählen. »Verehrte Eminenzen. Ich möchte den bescheidenen Hinweis unterbreiten, daß ein älterer Papst eine bewundernswerte Erscheinung wäre. Auch Körpergröße hat wahrscheinlich einen Einfluß auf die Weisheit.« Doch diesem älteren (und hoffentlich größeren) Papst, den sie empfahl, könnte die ganze Zeremonie leicht zur Last werden, deshalb schlug sie als ausgewiesene Expertin für Kopfbedeckungen vor, daß »bei der Krönung eine weniger schwere Krone getragen werden könnte, beispielsweise aus leichtem Kunststoff oder aus Pappe, womöglich«.

Februar 1981. Miss S. hat Grippe, deshalb kaufe ich für sie ein. Ich warte jeden Morgen am Seitenfenster des Lieferwagens und komme mir wegen des dunklen Innenraums und ihrer schmutzigen Hand, die den zerschlissenen purpurroten Vorhang zur Seite schiebt, wie im Beichtstuhl vor. Heute morgen sind die wichtigsten Bestandteile der Liste Ingwerkekse (»Wärmen sehr gut«) und Traubensaft. »Ich glaube, den haben sie bei der Hochzeit zu Kana getrunken«, sagt sie, als ich ihr die Flasche reiche. »Jesus hat bestimmt nicht gewollt, daß die Leute betrunken herumtorkeln, und Traubensaft hat keinen Alkohol. Wahrscheinlich schmeckt er nicht jedem, aber meiner Ansicht nach ist er besser als Champagner.«

Oktober 1981. Heute morgen ist der Vorhang zur Seite gezogen, und Miss S. ist – so nehme ich an – im Nachthemd zu sehen und spricht über »die Wahrnehmung geistiger Wesen«, die es ihr ermöglicht hat, die Anwesenheit eines Engels während ihrer Krankheit zu spüren. Früher, als sie ihr Lager noch vor der Bank aufschlug, hatte sie ein ähnliches Engelwesen in der Nähe gespürt, und nachdem sie nun die Wahlkampfhandzettel gesehen hat, stellt sich heraus, daß es sich dabei »womöglich« um niemand anderen als unseren Wahlkreiskandidaten der konservativen Partei handelt, Mr. Pasley-Tyler. Sie beginnt eine längere Abhandlung über ihr übliches Thema – Alter in der Politik. Mrs. Thatcher ist zu jung und reist zuviel herum. Ganz anders Präsident Reagan. »Der würde bestimmt nicht kreuz und quer durch Australien gondeln.«

Januar 1982. »Haben Sie gesehen, daß man ihn gefunden hat, den amerikanischen Soldaten?« Es geht um Colonel Dozo, den die Roten Brigaden in Italien gekidnappt haben und der nach einer Schießerei aus einer Wohnung in Padua befreit wurde. »Jawohl, man hat ihn gefunden«, stellt sie triumphierend fest, »und ich weiß auch, wer ihn gefunden hat.« Ich halte es für unwahrscheinlich, daß sie einen Bekannten beim italienischen Sondereinsatzkommando der Carabinieri hat, und frage deshalb, wen sie meint. »Den heiligen Antonius natürlich. Den Schutzheiligen aller verlorenen Dinge. Den heiligen Antonius von Padua.« »Na dann«, möchte ich entgegnen, »mußte er ja nicht weit suchen.«

Mai 1982. Als ich heute in Richtung Yorkshire aufbreche, kommt die Hand von Miss S. aus dem Lieferwagen wie die des alten Seefahrers bei Coleridge: Kann ich ihr wohl sagen, ob es im Bahnhof von Leeds Treppen gibt? »Warum?« frage ich mißtrauisch zurück, weil ich befürchte, daß sie auch in meiner alten Heimat ihr Lager auf meiner Schwelle aufschlagen will. Aber sie sucht nur ein Ausflugsziel, und ich schlage ihr Bristol vor. »Ja, in Bristol bin ich schon gewesen. Auf dem Rückweg bin ich durch Bath gefahren. Da sah es nett aus. Herrlich geparkte Autos.« Dann erinnert sie sich, wie sie mit ihren umgebauten Armeefahrzeugen hinauf nach Derbyshire gefahren ist.

»So was habe ich im Krieg getrieben«, sagt sie. »Um ehrlich zu sein, habe ich es im Krieg etwas übertrieben«, und genau das scheint der Knackpunkt einer Entwicklung zu sein, die sie schließlich an diesen Ort gebracht hat, wo sie sich vierzig Jahre später im Mai nach einem Ausflug sehnt.

Miss S. bevorzugt das pathetische Wort »*land*« gegenüber dem üblichen »*country*«. »*This land ...*« In diesem Sinne gebraucht, ist es zwar nicht direkt die Sprache des Wahnsinns, aber doch der Besessenheit. Zeugen Jehovas sprechen ständig von »*this land*«, ebenso die *National Front*. *Land* ist gleich *country* plus Vorsehung – ein Land im Angesicht Gottes. Auch Mrs. Thatcher sagt »*this land*«.

Februar 1983. A. ruft mich in Yorkshire an, um mir mitzuteilen, daß der Keller zehn Zentimeter unter Wasser steht, weil der Heizkessel geplatzt ist. Miss Shepherds einziger Kommentar zur Überflutung des Kellers ist: »Was für eine Wasserverschwendung.«

April 1983. »Ich schlafe in letzter Zeit schlecht«, sagt Miss S. »Aber wenn ich gewählt würde, könnte ich sicher besser schlafen.« Sie möchte, daß ich ihr die Nominierungsunterlagen besorge, damit sie bei der nächsten Wahl fürs Parlament kandidieren kann. Sie würde sich als Kandidatin der Fidelis-Partei aufstellen. Die Anhängerschaft der Partei war noch nie besonders zahlreich und ist jetzt noch weiter geschrumpft. Früher einmal konnte sie mit fünf Stimmen rechnen, jetzt sind es nur noch zwei. Eine davon ist meine, und ich traue mich nicht, ihr zu eröffnen, daß ich Mitglied der Sozialdemokraten, der SDP bin. Trotzdem verspreche ich ihr, wegen der Nominierungspapiere ans Rathaus zu schreiben. »Es gibt noch keine Parteikasse«, sagt sie, »und ich möchte eigentlich auch keine Veranstaltungen abhalten. Das könnte ich sowieso nicht so gut. Das könnten die Sekretäre tun (man bekäme Spesen). Aber beim Wählen wäre ich sehr gut – wahrscheinlich sogar besser als die Sekretäre.«

Mai 1983. Miss S. bittet mich, ihre Unterschrift auf dem Nominierungsantrag zu bezeugen. »Ich unterschreibe jetzt«, sagt sie. »Sind Sie Zeuge?« Sie hat mehrere Nonnen angesprochen, ihre Kandidatur zu unterstützen. »Eine der Schwestern, die ich kenne, hätte bestimmt unterschrieben, aber ich habe sie einige Jahre nicht gesehen, und in der Zwischenzeit hat sich ihr Geist etwas verwirrt. Ich weiß noch nicht, wie ich mit den Flugblättern verfahre. Es müßte die Sparversion sein – größere Ausgaben kann ich mir nicht leisten. Vielleicht schreibe ich mein Manifest auch einfach auf den Bürgersteig; so was verbreitet sich wie ein Lauffeuer.«

Mai 1983. Miss S. hat ihre Nominierungsunterlagen bekommen. »Wie sollte ich mich bezeichnen?« fragt sie durch das einen Spaltbreit geöffnete Fenster. »Ich dachte an ›Alte Jungfer‹, womöglich. Außerdem steht hier was von Titel. Mein Titel wäre wohl« – und sie läßt einen ihrer seltenen Lacher hören – »Mrs. Shepherd. So nennen mich manche Leute aus Höflichkeit. Und ich widerspreche ihnen nicht. Mutter Teresa hat immer gesagt, sie sei mit Gott verheiratet. Ich könnte ja sagen, ich sei mit dem Guten Hirten verheiratet, dem *Good Shepherd*, und darum geht es ja hier auch, im Parlament, daß man sich um seine Herde kümmert. Wenn ich gewählt werde, muß ich dann wohl in der Downing Street wohnen, oder meinen Sie, ich könnte das alles auch von hier aus leiten?«

Als ich im Laufe des Tages noch einmal mit ihr spreche, haben die Anstrengungen der Nominierung sie schon ein bißchen deprimiert. »Kennen Sie sich mit dem Artikel von 1974 aus? Hier steht etwas von Ausschlußgründen nach dem Artikel von 1974. Ich kriege jedenfalls langsam Kopfschmerzen von dem ganzen Zeug. Ich glaube, es wird schon bald nach dieser wieder eine Wahl geben, dann war es immerhin schon mal eine gute Übung.«

Juni 1984. Miss S. hat wieder in den Kleinanzeigen geblättert und auf eine Verkaufsanzeige für einen weißen Morris Minor geantwortet. »Das ist ein Auto, wie ich es gewöhnt bin – oder gewöhnt war. Ich verspürte das Bedürfnis nach Mobilität.« Ich spreche die Themen Führerschein und Versicherung an, die sie jedoch als lästige Formalitäten betrachtet. »Sie verstehen einfach nicht, daß ich versichert bin. Im Himmel.« Sie behauptet, seit sie im Himmel versichert sei, habe der Lieferwagen nicht einen Kratzer mehr abbekommen. Ich wende ein, daß es weniger mit göttlichem Schutz als mit der Tatsache zusammenhängt, daß der Wagen die ganze Zeit in meinem Garten abgestellt war. Sie räumt ein, daß ihr Fahrzeug früher auf der Straße ab und zu einen kleinen Stoß abbekommen hat. »Einmal hat mich jemand von hinten angefahren und den Lieferwagen angekratzt. Ich habe Schadenersatz verlangt – zweieinhalb Schilling, glaube ich. Er wollte nicht zahlen.«

Oktober 1984. Heute einen neuen Teppichläufer bekommen. Als Miss S. entdeckt, daß der alte weggeworfen wird, behauptet sie, er wäre genau das Richtige, um das Prasseln des Regens auf ihrem Wagendach zu dämpfen. Wir sprechen darüber, als ich zur Arbeit gehe, aber ich bleibe hart: Der Lieferwagen soll nicht mit Teppichresten behängt werden – er sieht so schon schlimm genug aus. Als ich am Abend zurückkomme, sind Teile des Läufers auf dem Dach befestigt. Ich frage Miss S., wer das getan hat, denn sie kann ihn schlecht selbst dort hinaufgelegt haben. »Ein Freund«, sagt sie geheimnisvoll. »Ein Wohltäter.« Wütend reiße ich der Form halber ein kleines Stück wieder herunter, doch das meiste bleibt oben.

April 1985. Miss S. hat sich schriftlich bei Mrs. Thatcher beworben, um einen Posten »im Beraterstab des Verkehrsministeriums, der mit Trunkenheit am Steuer und so zu tun hat«. Außerdem zeigt sie mir den Text eines Briefes, den sie zugunsten des im Falklandkrieg unterlegenen Generals Galtieri an die argentinische Botschaft schicken will. »Er begreift nicht, daß Mrs. Thatcher nicht die Eiserne Lady ist. Das bin ich.«

An jemanden, der Argentinien leitet. *19. April 1985*

Sehr geehrter Herr,
ich schreibe Ihnen, um Gnade gegen den armen General zu befördern, der Ihre Streitkräfte im Krieg angeführt hat, in Wirklichkeit ein Mensch mit wahrem Wissen, mehr als zu sein scheint. Ich war um Gerechtigkeit und Liebe bemüht, und in gewisser Weise war ich auch im Krieg, sozusagen, ich habe die Hand Ihres damaligen Kommandeurs geschüttelt und ihn im Geiste begrüßt (vielleicht hatte das zum Beispiel mit der Liebe zur katholischen Erziehung auf den Malwinen zu tun), in der besten Absicht guter Verhandlungen usw. ... aber ich fürchte, er mag gedacht haben, daß ihn Mrs. Thatcher so begrüßte, und dieser Gedanke hat ihn vielleicht ungünstig beeinflußt.
Daher bitte ich Sie, ihm gegenüber wirklich Milde walten zu lassen. Lassen Sie ihn gehen, setzen Sie ihn wieder ins Amt, wenn es sich bewerkstelligen läßt. Sie können diesen Brief öffentlich verlesen, wenn Sie die Milde erklären wollen usw.

Ich verbleibe
Ihr ergebenes Mitglied der Fidelis-Partei
(Diener der Gerechtigkeit)

P. S. Auch andere mögen zum ungünstigen Einfluß beigetragen haben.
P. P. S. Womöglich ohne es zu bemerken.
Ins Argentinische übersetzen, wenn Sie wünschen.

Im Jahr 1980 kaufte Miss S. sich ein Auto, einen Mini, aber sie konnte nur ein oder zwei Ausflüge darin unternehmen (»Ist ein richtiger Flitzer!«), bevor er gestohlen wurde. Man fand den Wagen später ausgeschlachtet und verlassen im Keller der Sozialwohnungen in der Maiden Lane. Als ich die Reste abholen fuhr (»Obwohl die Polizei es noch als Beweismittel benötigt, womöglich«), stellte ich fest, daß sie es schon in dieser kurzen Zeit geschafft hatte, die übliche Menge von Plastiktüten,

Küchenpapierrollen und alten Decken darin zu verstauen, alle reichlich mit Talkum bestäubt. Als sie sich 1984 den dreirädrigen *Reliant Robin* zulegte, war auch das eher ein Zweitschrank als ein Zweitwagen. Miss Shepherd konnte sich die Autos leisten, weil ihr Parkplatz in meinem Garten als fester Wohnsitz galt und sie deshalb die volle Sozialhilfe und sämtliche Vergünstigungen beziehen konnte. Da sie nur für Lebensmittel Geld ausgab, konnte sie ein wenig beiseite legen, hatte ein Girokonto bei der Halifax Bank und mehrere Schatzbriefe. Ich hörte sogar Passanten sagen, »Sie ist übrigens Millionärin«, was wohl andeuten sollte, daß kein Mensch bei klarem Verstand sie andernfalls bei sich kampieren lassen würde.

Den *Reliant* bewegte sie öfter als den Mini, und oft tuckerte sie damit sonntags morgens den Primrose Hill hinauf und parkte dort (»Da ist die Luft besser«), manchmal kam sie sogar bis nach Hounslow. Oft jedoch war sie schon zufrieden (ich nehme jedenfalls an, sie war zufrieden), einfach nur im Wagen zu sitzen und den Motor laufenzulassen. Da sie das jedoch besonders gern gleich nach dem Aufstehen früh am Sonntagmorgen tat, machte sie sich bei den Nachbarn nicht sehr beliebt. Außerdem hatte sie der »lebenslange Umgang mit Motoren« (wie sie sich ausdrückte) nicht gelehrt, daß die Batterie sich im Leerlauf nicht wieder auflädt. Ich mußte sie also regelmäßig ausbauen und wieder aufladen, obwohl ich genau wußte, daß sie daraufhin bloß wieder den Motor laufen lassen würde. (»Nein«, behauptete sie, »vielleicht fahre ich ja nächste Woche nach Cornwall, womöglich.«) Das Aufladen der Batterie an sich war gar nicht das Problem: Es war mir bloß peinlich, am Motor eines so albernen Autos herumzuschrauben.

März 1987. Die Nonnen am Ende der Straße – oder »die Schwestern«, wie Miss S. sie zu nennen pflegt – kaufen inzwischen hin und wieder für sie ein. Eine von ihnen stellte heute morgen eine Plastiktüte auf die rückwärtige Stoßstange des Lieferwagens. Darin die unvermeidlichen Ingwerkekse und mehrere Packungen Damenbinden. Mir ist klar, daß sie mich schwerlich darum bitten kann, so etwas zu besorgen, aber auch die Nonnen darauf anzusprechen, stelle ich mir in ihrem Fall recht schwierig vor. Die Binden gehören offenbar zu ihren Vorkehrungen im Bereich Toilette, und bisweilen sieht man sie zum Trocknen auf der mit Suppenkruste überzogenen Kochplatte liegen. Wie sagte der Postbote heute morgen: »Manchmal haut einen der Geruch ein bißchen aus den Schuhen.«

Mai 1987. Miss S. möchte eine Decke über ihr Wagendach breiten (oben auf den Treppenläufer), um das Trommeln des Regens weiter zu dämpfen. Ich weise sie darauf hin, daß die Decke nach ein paar Wochen nass und eklig aussehen wird. »Nein«, sagt sie – »vom Wetter gerbt.«

Sie hat ein Plakat der Konservativen ins Seitenfenster gehängt. Der einzige, der es zu Gesicht bekommt, bin ich.

Heute morgen hat sie in der offenen Tür des Lieferwagens gesessen und eine leere Packung *Ariel* weggeworfen. Die Decke hängt über ihrer Kinderkarre und ist mit Waschpulver bestäubt. »Haben Sie das verschüttet?« frage ich. »Nein«, sagt sie mißmutig, weil es doch so offensichtlich ist. »Das ist Waschpulver. Wenn es regnet, wird die Decke gewaschen.« Vom Tisch aus kann ich sie jetzt sehen, wie sie sich über die Kinderkarre beugt, ein paar Krümel Waschmittel aufsammelt und auf der Decke verteilt. Für die nächste Zeit ist kein Regen vorhergesagt worden.

Juni 1987. Miss S. hat das Sozialamt überzeugt, ihr einen Rollstuhl zur Verfügung zu stellen, doch eigentlich möchte sie gerne einen elektrischen haben.

MISS S.: Der Junge von gegenüber hat auch einen. Warum kriege ich keinen?
ICH: Er kann nicht laufen.
MISS S.: Woher will er das wissen? Er hat es noch gar nicht versucht.

ICH: Miss Shepherd, er hat Spina bifida.
MISS S.: Na und? Ich hatte als Kind auch Schulterkrümmung. Heute ist das vielleicht nicht mehr so schlimm, aber damals war es ziemlich ernst. Ich habe zwei Kriege überstanden, den ersten als Kind trotz Rationierung, den zweiten als Fahrerin im Rettungswagen, obwohl mich der Heimatschutzdienst hängenlassen hat. Warum werden alte Menschen mißachtet?

Nachdem ihre Bemühungen um einen angetriebenen Rollstuhl gescheitert waren, tröstete sich Miss S. mit der Beschaffung (woher, habe ich nie herausgefunden) eines zweiten Rollstuhls (»Falls der erste schlappmacht, womöglich«). Eine vollständige Aufzählung ihrer Fahrzeuge sah nun wie folgt aus: ein Lieferwagen; ein *Reliant Robin*; zwei Rollstühle; eine zusammenklappbare Kinderkarre; eine zusammenklappbare Zweisitzer-Kinderkarre. Ab und zu verringerte ich den Kinderkarrenbestand, indem ich eine zur Müllhalde schmuggelte. Sie schrieb solchen Schwund spielenden Kindern zu (die sie nie leiden konnte) und ersetzte das fehlende Gefährt bald durch ein neues Modell aus dem Trödelladen. Miss S. schaffte es nicht, den Rollstuhl eigenhändig anzutreiben, weil sie sich weigerte, das dafür vorgesehene Handrad in der Mitte zu benutzen (»Diese alberne Vorrichtung kann mir gestohlen bleiben«). Statt dessen stieß sie sich mit zwei Spazierstöcken vom Boden ab, was an einen Skiläufer erinnerte. Schließlich mußte ich das Handrad ausbauen (»Das zusätzliche Gewicht ist nicht gut für meinen Gesundheitszustand«).

Juli 1987. Miss S. (leuchtendgrüner Augenschirm, lila Rock, braune Strickjacke, Socken in Neontürkis) stakt mit dem Rollstuhl aus dem Gartentor – ein kompliziertes Manöver, das sich vereinfachen ließe, wenn sie den Rollstuhl einfach hinausschöbe, wozu sie durchaus in der Lage ist. Ein Passant erbarmt sich ihrer und schiebt sie rasch hinunter zum Markt. Allerdings nicht allzu rasch, denn Miss S. erschwert die Fortbewegung durch ihre Weigerung, die Füße zu heben, und so muß der barmherzige Samariter einen Rollstuhl schieben, der die ganze Zeit von großen Füßen in Pantoffeln gebremst wird. Ihre Beine sind inzwischen so dünn, daß ihre Füße schlaff und platt wirken wie die eines Kamels.

Doch wie bei jedem Ausflug wird es auch auf dieser Tour einen Moment geben, den sie genießt. Wenn der Betreffende sie vom Markt zurückgeschoben hat, wird sie ihn anweisen (tatsächlich anweisen: Ein Wort des Dankes ist nie zu hören), sie vor dem Tor, aber mitten auf der Straße abzustellen. Wenn sie sich dann unbeobachtet glaubt, hebt sie die Füße, stößt sich kräftig ab und rollt die paar Meter bis zum Gartentor hinunter. Ihr Gesichtsausdruck verrät schiere Freude.

Oktober 1987. Ich habe einen Film im Ausland gedreht. »Als Sie in Jugoslawien waren«, fragt Miss S., »sind Sie da der Jungfrau Maria begegnet?« »Nein«, antworte ich, »ich glaube nicht.« »Aber sie erscheint doch dort. Sie erscheint dort jeden Tag, und das schon seit ein paar Jahren.« Es kommt mir vor, als hätte ich die größte Sehenswürdigkeit des Landes versäumt.

Januar 1988. Ich frage Miss S., ob sie gestern Geburtstag hatte. Sie bejaht zurückhaltend. »Dann sind Sie also siebenundsiebzig.« »Ja. Woher wissen Sie das?« »Ich habe es gelesen, als Sie das Formular der Volkszählung ausgefüllt haben.« Ich überreiche ihr eine Flasche Whisky und erläutere, daß er natürlich nur zum Einreiben sei. »Oh. Vielen Dank.« Pause. »Mr. Bennett. Erzählen Sie niemandem davon.« »Von dem Whisky?« »Nein. Von meinem Geburtstag.« Pause. »Mr. Bennett.« »Ja?« »Von dem Whisky auch nicht.«

März 1988. »Ich habe ein bißchen Frühjahrsputz gemacht«, sagt Miss S., während sie vor einem Tableau aus Schmutz und

Verwesung kniet, das vom amerikanischen Installationskünstler Edward Kienholz stammen könnte. Sie sagt, sie habe mit der Sozialarbeiterin über die Möglichkeit eines Bungalows gesprochen, wozu sie »ein paar Hundert oder so« beizusteuern bereit wäre. Möglicherweise ist dieser Bungalow aus Asbest gefertigt, »aber ich könnte ja eine Atemmaske tragen. Das würde mir nichts ausmachen, und vom Feuerstandpunkt aus wäre es natürlich viel besser.« An den Händen trägt sie alte Socken als Fäustlinge, auf der Kochplatte trocknet eine Damenbinde, daneben liegt ein Hochglanzprospekt von der *Halifax*, in dem »fabelhafte Investitionsmöglichkeiten« angepriesen werden.

April 1988. Miss S. fragt mich, ob ich Tom M. bitten kann, ein Foto von ihr für ihre neue Busdauerkarte zu machen. »Das wäre doch was für eine Komödie, nicht wahr – man sitzt im Bus, und die Dauerkarte ist abgelaufen. Daraus könnte man einen richtigen Erfolg machen, womöglich ohne viel Arbeit. Ich bin eine geborene Tragödin«, sagt sie, »oder womöglich auch Komödiantin. Eins von beidem jedenfalls. Aber damals habe ich es noch nicht gemerkt. Große Füße.« Sie streckt ihre nackten, roten Knöchel vor. »Große Hände.« Die braungefleckten Finger. »Groß. Die Leute stolpern über mich. Das ist doch eine Komödie. Wäre mir natürlich lieber, wenn sie das nicht täten. Ich hätte es gern leichter, aber so ist es eben. Ich will Ihnen nicht vorschlagen, so etwas zu schreiben«, fügt sie hastig hinzu – vielleicht hat sie das Gefühl, zuviel von sich offenbart zu haben –, »aber vielleicht könnten die Leute darüber lachen.« All das sagt sie mit ganz ernster Miene, ohne den Anflug eines Lächelns. Sie sitzt im Rollstuhl, die Hände zwischen die Knie gepreßt, eine Baseballkappe auf dem Kopf.

Mai 1988. Miss S. sitzt in ihrem Rollstuhl auf der Straße, eine Farbdose in der Hand, und tupft an der Karosserie des *Reliant* herum, in den sie sogleich einsteigen wird, um ihn zu starten und den Motor zufrieden eine halbe Stunde laufen zu lassen, bevor sie ihn dann wieder ausmacht und im Rollstuhl die Straße entlangstakt. Schon eine Weile liegt sie Tom M. in den Ohren, die Kupplung zu reparieren, aber nur unter bestimmten Bedingungen. Auf keinen Fall am kommenden Sonntag, denn das ist der Feiertag von Petrus und Paulus, an dem der Besuch der Messe obligatorisch ist. Auch nicht am folgenden Sonntag, denn Mariä Himmelfahrt fällt zwar auf den Montag, hat aber offenbar rückwirkende Bedeutung für den vorhergehenden Tag. Obwohl ihr Leben im Chaos versinkt und obwohl sie inzwischen, wie ich glaube, ziemlich inkontinent ist, tastet sie sich immer noch mit fanatischer Präzision durch ihr liturgisches Minenfeld.

September 1988. Miss S. denkt wieder über eine Wohnung nach, allerdings nicht über die, welche ihr vor ein paar Jahren von der Stadtverwaltung angeboten wurde. Diesmal richtet sie ihren Blick auf ein Zuhause. Auf mein Zuhause. Wir hatten uns draußen unterhalten, und ich hatte sie im Flur auf den Stufen sitzen lassen, als ich ins Haus ging, um weiterzuarbeiten. So geht es oft: Ich sitze an meinem Tisch und will weitermachen, Miss S. sitzt draußen und schwadroniert. Diesmal redet sie in einem fort über die Wohnung, fast ein Monolog, aber sie weiß, daß ich sie hören kann. »Es muß nur eine ganz kleine Wohnung sein, nur ein Zimmer womöglich. Natürlich schaffe ich keine Treppen mehr, also müßte es wohl im Erdgeschoß sein. Obwohl ich den Besitzern auch den Einbau eines Fahrstuhls bezahlen würde.« (lauter) »Und der Fahrstuhl wäre ja nicht verschwendet. Den könnten Sie dann im Alter auch benutzen. Sie müssen nämlich bald auch an Ihr eigenes Alter denken.« Der Ton kommt mir irgendwie bekannt vor, allerdings aus Jugendtagen. Schließlich erkenne ich die Monologe des ewigen Schuljungen William aus den Romanen von Richmal Crompton, die immer von anderen gehört werden sollten.

Ihr Outfit heute morgen: orangeroter Rock aus drei oder vier großen Staubtüchern; blaugestreiftes Satinjackett; grünes

Kopftuch mit blauem Augenschirm, abgerundet durch eine khakifarbene Schirmmütze mit Totenkopf, gekreuzten Knochen und dem Schriftzug »Rambo« auf dem Schirm.

Februar 1989. Miss Shepherds religiöse Überzeugungen sind eine seltsame Mischung von traditionellen Glaubensgrundsätzen und dem Vertrauen auf die Kraft des positiven Denkens. Wie so oft schwächelt heute morgen die Batterie des *Reliant*, sie bittet mich darum, das Aggregat aufzuladen. Wir führen die übliche Diskussion:
ICH: Natürlich ist die Batterie leer. Wenn Sie das Auto nicht bewegen, wird die Batterie schwach. Nur vom Leerlauf lädt sie sich nicht auf. Die Räder müssen sich drehen.
MISS S.: Reden Sie nicht so daher. Dieses Auto ist nicht wie alle anderen. Es gibt Wunder. Man muß nur glauben. Negative Gedanken helfen da gar nicht. *(Sie drückt noch einmal auf den Startknopf, der Anlasser hustet schwächlich.)* Da haben Sie's. Der Teufel hat Sie gehört. Sie sollten keine negativen Sachen sagen.
Das Innere des Lieferwagens spottet inzwischen jeder Beschreibung.

März 1989. Miss S. sitzt im Rollstuhl und versucht, mit ihrem Gehstock den Riegel des Gartentors zu öffnen. Zuerst versucht sie es mit dem unteren Ende des Stocks, dann dreht sie ihn um. Ich sitze am Tisch und versuche zu arbeiten, beobachte sie dabei gelassen, so wie man eine Ameise beobachtet, die ein Hindernis zu überwinden trachtet. Jetzt hämmert sie auf das Tor ein, um Aufmerksamkeit von Passanten zu erregen. Dann fängt sie an zu heulen. Sie hämmert und heult. Ich gehe nach draußen. Das Geheul hört auf, sie erklärt, daß sie ihre Wäsche machen muß. Ich schiebe sie durchs Tor und frage, ob sie sich dafür fit genug fühlt. Ja, aber sie wird Hilfe brauchen. Ich erkläre ihr, daß ich sie nicht dorthin schieben kann. (Warum eigentlich nicht?) Nein, das will sie auch nicht. Könnte ich sie vielleicht bis zur Ecke schieben? Das tue ich. Könnte ich vielleicht noch ein bißchen weiter schieben? Ich erkläre ihr, daß ich sie nicht bis zum Waschsalon schieben kann. (Den Waschsalon gibt es im übrigen gar nicht mehr, wo will sie also hin?) Schließlich lasse ich sie mit ihrem Rollstuhl vor dem Haus von Mary H. stehen und komme mir vor wie der Meuterer Fletcher Christian (allerdings nicht sehr christlich), der Kapitän Bligh von der Bounty aussetzt. Irgend jemand wird schon vorbeikommen. Ich würde mich mehr schämen, wenn ich nicht das Gefühl hätte, daß sie selbst in geschwächtem Zustand sehr genau weiß, was sie tut.

März 1989. Eine dünne Schicht Talkumpuder ist um die Hecktür des Lieferwagens verstreut, darunter einige zerknüllte Papiertücher, die vielleicht mit Scheiße beschmiert sind, vielleicht auch nicht, doch der zentrale Gegenstand ist zweifellos eine gebrauchte Inkontinenz-Einlage. Ich sammle diese Gegenstände in einer Weise ein, die an die Arbeit in der Wiederaufarbeitungsanlage von Sellafield erinnert. Ich ziehe Gummihandschuhe an und stecke zusätzlich jede Hand in eine Plastiktüte. Nachdem ich die Fäkalreste vorsichtig zusammengeschoben habe, sammle ich sie angewidert auf und trage sie am ausgestreckten Arm zur Mülltonne. »Das ist nicht alles mein Müll«, dringt eine Stimme aus dem Wagen. »Manches wird auch unterm Gartentor durchgeweht.«

April 1989. Miss S. hat mich gebeten, das Sozialamt anzurufen, und ich sage ihr, daß eine Sozialarbeiterin vorbeikommen wird. »Und wann?« »Weiß ich nicht. Aber Sie werden ja wohl kaum außer Haus sein. Sie sind seit einer Woche nicht draußen gewesen.« »Könnte ich aber. Wunder geschehen immer wieder. Und außerdem kann sie womöglich nicht mit mir sprechen. Was ist, wenn ich nicht an der Tür, sondern am anderen Ende des Wagens bin?« »Dann kann sie dort mit Ihnen sprechen.« »Und wenn ich in der Mitte bin?«

Miss C. glaubt, das Herz der alten Dame werde schwach. Sie nennt sie Mary. Das kommt mir eigenartig vor, obwohl es natürlich ihr Name ist.

April 1989. Auf Miss Shepherds Einkaufsliste steht dieser Tage ständig Zitronenbrause. Ich habe einen reichlichen Vorrat im Haus, aber sie besteht darauf, daß ich noch mehr besorge, damit die ständige Versorgung mit Zitronenbrause garantiert ist. »Ich stehe gerade sehr auf Zitronenbrause. Ich will nicht wieder darauf verzichten müssen.«

Ich frage sie, ob sie eine Tasse Kaffee möchte. »Na ja, ich möchte nicht, daß Sie sich soviel Mühe machen. Ich nehme nur eine halbe Tasse.«

In den letzten Wochen ihres Lebens freundete Miss S. sich mit einer ehemaligen Krankenschwester an, die in der Nähe wohnte. Sie stellte für mich den Kontakt zu einer Altentagesstätte her, die sich einverstanden erklärte, Miss S. aufzunehmen, zu baden, medizinisch zu untersuchen und ihr sogar ein Einzelzimmer zu geben, in dem sie übernachten könnte. Im Rückblick wird mir klar, daß ich so etwas schon Jahre früher hätte in die Wege leiten sollen, aber Miss Shepherd akzeptierte diese Art von Hilfe erst, als Alter und Krankheit sie geschwächt hatten. Selbst dann war es noch nicht ganz einfach.

27. April 1989. Ein roter Rettungswagen hält vor unserer Tür, um Miss S. zur Tagesstätte zu bringen. Miss B. redet eine Weile im Lieferwagen mit ihr und lockt sie Stück für Stück heraus und in den Rollstuhl. Auf ihren geschwollenen Füßen ist Scheiße verschmiert, ein Stück Klopapier klebt an der rissigen Haut ihres Knöchels. »Und wenn es mir nicht gefällt«, fragt sie immer wieder, »kann ich dann zurückkommen?« Ich beruhige sie, doch als ich in das Innere des Lieferwagens blicke und den Gestank zu ertragen versuche, vermag ich mir nur schwer vorzustellen, wie sie noch länger dort leben kann.

Wenn sie erst das Zimmer sieht, das sie ihr dort anbieten wollen, das Bad, die sauberen Laken, glaube ich kaum, daß sie wieder hierher zurückkommen will. Und sie verschließt die Tür des Lieferwagens auch umständlicher und sorgfältiger als sonst, was darauf hindeutet, daß sie den endgültigen Abschied akzeptiert. Mir fällt auf, daß der Sanitäter sich ganz ohne die mir eigene Abscheu über sie beugt und sie auf die Hebebühne rollt, ihre schmutzige Kleidung zurechtlegt, den Rock taktvoll über die Knie zieht. Als der Rollstuhl auf der Bühne steht, hebt Miss S. sich langsam, taucht über der Gartenmauer auf und wird dann in den Rettungswagen geschoben. Ihr Aufbruch hat etwas Distinguiertes, sie wirkt wie die Dorothy Hodgkin der Landstreicher, eine heruntergekommene Nobelpreisträgerin, und die tiefen Falten ihres schmutzigen Gesichts drücken eine Art resignierte Zufriedenheit aus. Vielleicht amüsiert sie sich sogar.

Als sie fort ist, gehe ich um den Lieferwagen herum und bemerke die Spuren unseres Kleinkrieges: den Teppichläufer, den sie aufs Dach des Wagens geschmuggelt hat, die Decke, die darüber gebunden ist, um das Trommeln der Regentropfen zu dämpfen, die schwarzen Plastiksäcke unterm Lieferwagen, in die sie ihre alten Kleider gestopft hat – Schauplätze von Scharmützeln, die ich samt und sonders verloren habe. Jetzt stelle ich mir vor, wie sie gebadet, verbunden und sauber eingekleidet wird und ein neues Leben beginnt. Ich sehe mich selbst sogar mit Blumen zu Besuch kommen.

Diese Phantasie verblaßt blitzschnell, als Miss S. gegen halb drei wieder auftaucht, tatsächlich gebadet und sauber eingekleidet und mit zwei langen weißen Thrombosestrümpfen über den eingefallenen Beinen, aber offensichtlich hocherfreut, wieder da zu sein. Sie hat eine Telefonnummer bekommen, unter der ihre neuen Freunde angerufen werden können und die sie mir nun gibt. »Man kann sie jederzeit erreichen«, sagt sie, »sogar an den Feiertagen – sie haben so einen Langstreckenpieper.«

Als ich zum Theater aufbreche, hämmert sie mit dem Stock von innen an die Wagentür. Ich öffne. Sie liegt, in saubere weiße Laken gehüllt, auf einem Quilt, der über den gesammelten Schmutz und Abfall im Lieferwagen gebreitet ist. Sie ist immer noch besorgt, daß ich sie in ein Krankenhaus einliefern lassen will. Ich versichere ihr, daß das gar nicht in Frage kommt, daß sie bleiben kann, solange sie will. Ich schließe die Tür, sie klopft noch einmal, und ich muß sie noch einmal beruhigen. Wieder schließe ich die Tür, noch einmal klopft es. »Mr. Bennett.« Ich muß angestrengt lauschen, um sie zu verstehen. »Es tut mir leid, daß der Wagen in so einem schrecklichen Zustand ist. Ich habe es nicht geschafft, Frühjahrsputz zu machen.«

28. April. Ich arbeite am Schreibtisch, als ich Miss B. mit einem Stapel sauberer Kleidung für Miss Shepherd eintreffen sehe, die man ihr offenbar gestern in der Tagesstätte gewaschen hat. Miss B. klopft an die Lieferwagentür, öffnet sie dann und – das hat noch niemand vor ihr getan – steigt hinein. Nur einen Moment später kommt sie wieder heraus, und noch bevor sie an meiner Tür klingelt, weiß ich, was geschehen ist. Wir gehen wieder zum Lieferwagen, in dem Miss Shepherd tot auf der Seite liegt, die Haut erkaltet, das Gesicht eingefallen, der Hals ausgestreckt, als hätte sie ihn aufs Schafott legen wollen. Eine Biene summt um ihren Leichnam.

Es ist ein wunderschöner Tag, der Garten glitzert im Sonnenlicht, kräftige Schatten liegen unter den Brennesseln, an der Mauer blühen wilde Hyazinthen, und ich erinnere mich, wie sie in den gelegentlichen Momenten der Einkehr in ihrem Rollstuhl saß und den Garten betrachtete. Reue durchströmt mich, weil ich sie so streng behandelt habe, doch gleichzeitig weiß ich, daß ich gar nicht streng war. Trotzdem habe ich einfach nie ganz geglaubt oder glauben wollen, daß sie tatsächlich so krank war. Außerdem tut es mir leid um all die Fragen, die ich ihr nie gestellt habe. Nicht, daß sie auch nur eine beantwortet hätte. Ich verspüre den starken Drang, mich ans Gartentor zu stellen und allen Vorübergehenden ihren Tod zu vermelden.

Inzwischen verschwindet Miss B. und kehrt mit einer netten Ärztin vom Krankenhaus St. Pancras zurück, die aussieht, als sei sie gerade zwanzig geworden. Sie steigt in den Lieferwagen, fühlt an Miss Shepherds ausgestrecktem Hals den Puls, horcht sie mit dem Stethoskop ab und gibt als Todesursache im Totenschein Herzversagen an, um uns eine Autopsie zu ersparen. Dann kommt der Priester und spendet ihr die Letzte Ölung, bevor sie zum Bestattungsinstitut gebracht wird, und auch er steigt in den Lieferwagen – schon der dritte heute morgen, und alle tun es ohne großes Aufhebens oder ein Anzeichen von Ekel, was mir wie eine kleine Heldentat erscheint. Der Priester beugt sich über den Körper, sein weißes Haar streift die Wagendecke, murmelt ein unhörbares Gebet und macht das Kreuzeszeichen über Miss Shepherds Kopf und Händen. Dann verlassen sie mich alle, und ich gehe hinein und warte auf den Bestattungsunternehmer.

Ich sitze schon zehn Minuten am Tisch, bevor ich bemerke, daß die Bestatter längst da sind und daß der Tod heutzutage in einem grauen Ford Transit kommt (oder geht), der schon vor meiner Gartentür steht. Drei Mitarbeiter des Instituts sind gekommen, zwei von ihnen jung und stämmig, der dritte älter und erfahrener – ein Unteroffizier und zwei Gefreite sozusagen. Sie holen einen groben, graugestrichenen Sarg aus dem Laderaum ihres Transits, der wie das Bühnenrequisit eines Zauberkünstlers aussieht, und ohne einen Kommentar zu den außergewöhnlichen Umständen, in denen sie den Leichnam vorfinden, ziehen sie eine weiße Plastikfolie darüber und wuchten ihn in ihre Zauberkiste, in der er mit leichtem Plumps landet. Auf der anderen Straßenseite kommen die Angestellten der Klavierfabrik von der Mittagspause zurückgeschlendert, doch niemand bleibt stehen oder schaut auch nur länger hin, und die Asiatin, die stehenbleiben muß, als der Sarg vor ihr über den Bürgersteig getragen und in den (anderen) Lieferwagen gestellt wird, dreht sich nicht einmal danach um.

Als ich später beim Bestattungsinstitut vorbeischaue, um die Begräbnisfeierlichkeiten zu organisieren, entschuldigt sich der Geschäftsführer für den barschen Ton, mit dem mein erster Anruf beantwortet worden war. Eine Frau hatte mich am Telefon gefragt: »Und was genau wollen Sie?« Ich hatte nicht damit gerechnet, daß Bestattungsunternehmer wegen unterschiedlicher Dienstleistungen angefragt werden, und war daher etwas verwirrt. Dann fragte sie forsch: »Wollen Sie jemanden wegholen lassen?« Der Bestatter erklärt mir, ihr anscheinend unfreundliches Gesprächsverhalten läge in ihrem Mißtrauen begründet, ob mein Anruf auch ernst gemeint sei. »Wir haben es heutzutage so oft mit Telefonscherzen zu tun. Ich bin schon häufig irgendwohin gefahren, um einen Leichnam abzuholen, der mir dann putzmunter die Tür geöffnet hat.«

9. Mai. Miss Shepherds Trauergottesdienst findet in *Our Lady of Hal* statt, der katholischen Kirche gleich um die Ecke. Er ist in die normale Zehn-Uhr-Messe integriert, weshalb sich neben einigen Nachbarn auch die üblichen Kirchgänger einfinden, wie ich annehme: der kleine dicke Mann in Trainingshose, der jeden Tag vom Arlington House zur Kirche humpelt; mehrere Nonnen, darunter auch die 99jährige Schwester, die den Konvent leitete, als Miss S. dort kurze Zeit Novizin war; eine Frau, die unablässig Pralinen ißt und einen grünen Strohhut trägt, der wie ein umgekehrter Blumentopf aussieht; eine Dame in hellbrauner Hose und mit einer Perücke, die an einen Kaffeewärmer erinnert, sitzt am Harmonium. Der Meßdiener, ein Mann mittleren Alters, trägt kein Meßgewand, sondern normale Kleidung, das Hemd offen, und würde er sich nicht so gut in den liturgischen Handreichungen auskennen, hätte man ihn auch aus der Gruppe von Männern vor dem Pub an der Ecke ziehen können. Der Priester ist ein junger Ire mit breiten, roten, bäuerlichen Zügen und sandgelbem Haar, und auch er könnte ohne sein Priestergewand ebensogut an der Baustelle vor der Tür einen Preßlufthammer bedienen. Während des grauenhaften Gottesdienstes kreisen meine Gedanken ständig um diese Menschen, und meine langgehegte Überzeugung verfestigt sich: Ich könnte nie Katholik werden, weil ich so ein schrecklicher Snob bin, und das größte Opfer, das der spätere Kardinal Newman brachte, als er sich von der anglikanischen Hochkirche ab und dem Katholizismus zuwandte, war zweifellos der gesellschaftliche Abstieg.

Doch es herrscht große Freundlichkeit. Vor uns sitzt ein dünner alter Mann, der den Verlauf der Messe in- und auswendig kennt, und als er sieht, daß wir kein Gesangbuch haben, legt er sein eigenes auf seine Ausgabe der *Sun*, geht zum Eingang und holt uns welche, verteilt sie und spricht dabei die ganze Zeit die liturgischen Antworten ohne Fehl und Tadel weiter mit. Das erste Lied ist tatsächlich eines von Newman, »*Lead Kindly Light*«, und ich versuche mitzusingen, was ich mir beim zweiten – »*Kum Ba Ya*« – lieber verkneife. Der Priester verfügt über eine kräftige, klangvolle Singstimme, die jedoch besser zu »*Kum Ba Ya*« paßt als zu den klassischen Liedern von Newman oder J. B. Dykes. Der ganze Gottesdienst ist saftlos und abschweifend, noch schlimmer als die derzeitige anglikanische Version, obwohl man hier und da in der verwässerten Sprache noch den schwachen Abglanz des gemeinsamen Gebetbuches von 1662 erkennt. Doch jetzt kommt der Teil, den ich gefürchtet habe, die Feier der Gemeinschaft, die mich immer an die Aufwärmübungen erinnert, die mein Kollege Ned Sherrin dem Studiopublikum bei der Fernsehshow *Not So Much a Programme, More a Way of Life* zumutete und bei denen jeder die Hand seines Sitznachbarn schütteln mußte. Doch wieder beschämt mich der nette Mann, der uns die Gesangbücher geholt hat, indem er sich ohne Aufhebens und Peinlichkeit zu mir umdreht und mir lächelnd die Hand schüttelt. Dann kommt die eigentliche Meßfeier, der Priester teilt die Oblaten an die 99-jährige Nonne und die Frau mit dem Blumentopfhut aus, während Miss S.

in ihrem Sarg neben ihm liegt. Schließlich wird ein letztes Lied gesungen, diesmal von dem (mir) unbekannten Kirchenkomponisten Kevin Norton, der dieses Lied offenbar in ähnlicher Form schon einmal ohne Erfolg beim Europäischen Schlager-Grand-Prix eingereicht hat; während der Priester also die Führungsstimme übernimmt und die Gemeinde einen sehr zurückhaltenden Backgroundchor abgibt, wird Miss Shepherd hinausgetragen.

Die Nachbarn, die man nicht direkt als Trauergäste bezeichnen kann, warten draußen auf dem Bürgersteig, als der Sarg in den Leichenwagen gehievt wird. »Eine echte Verbesserung gegenüber ihrem letzten Wagen«, bemerkt Colin H.; und der komödiantische Einschlag setzt sich fort, als das Begleitfahrzeug des Bestattungsunternehmens nicht anspringen will. Die Szenerie kommt mir sehr bekannt vor, ich habe oft selbst mitgewirkt: Miss S. wartet in ihrem Wagen, während ein »Wohltäter« die Motorhaube öffnet, Kabel anlegt und Starthilfe gibt. Nur daß sie diesmal tot ist.

Außer A. und mir begleitet nur Clare, die ehemalige Krankenschwester, die sich in letzter Zeit mit Miss S. angefreundet hat, den Sarg, der für einen Bestattungszug recht zügig durch Hampstead Heath braust, dann die Bishop's Avenue entlang weit hinaus zum Friedhof von St. Pancras, der an diesem warmen, sonnigen Tag saftiggrün leuchtet. Wir fahren durch die lichten Baumgruppen bis zum hintersten Winkel, wo lange Reihen neuer Grabsteine stehen, die meisten aus poliertem schwarzem Granit. Ihrer lebenslangen Liebe zu Automobilen angemessen, wird Miss S. in Sicht- und Hörweite der großen Londoner Nordumgehung begraben, eine Fahrbahn der North Circular Road liegt direkt hinter der Hecke, und die schweren Lastzüge übertönen die Worte des Priesters, als er ihre sterbliche Hülle der Erde anvertraut. Er besprüht uns alle aus seiner Plastikflasche mit Weihwasser, wir werfen Erde ins Grab, und dann überlassen die anderen mich meinen womöglich einsamen Gedanken, derer sich jedoch nicht viele einstellen, bevor der Bestattungsunternehmer uns nach Camden Town zurückbringt – das Leben meldet sich zurück, als er uns praktischerweise direkt vor einem Spirituosengeschäft absetzt.

In den zehn Tagen zwischen Miss Shepherds Tod und ihrem Begräbnis fand ich mehr über ihr Leben heraus als in den zwanzig Jahren zuvor. Im Zweiten Weltkrieg hatte sie tatsächlich Rettungswagen gefahren und war dabei durch eine in der Nähe detonierende Bombe in die Luft geflogen oder jedenfalls knapp dem Tod entronnen. Ich weiß nicht, ob man ihr exzentrisches Wesen eher auf dieses Ereignis zurückführen kann als auf die von einer der Nonnen kolportierte Legende vom Tod des Verlobten bei dieser Gelegenheit, der sie »aus der Bahn geworfen habe«. Es wäre ein tröstlicher Gedanke, daß die Liebe oder der Tod der Liebe den Geist verwirrt, doch ich glaube, ihre frühen, immer wieder gescheiterten Versuche, Nonne zu werden (»Zu streitsüchtig«, sagte eine der Schwestern), deuten auf eine schon in der Jugend recht schwierige Persönlichkeit. Nach dem Krieg verbrachte sie einige Zeit in psychiatrischen Kliniken, setzte sich jedoch immer wieder ab und blieb schließlich so lange auf freiem Fuß, daß sie ihre Fähigkeit, ohne Betreuung zu leben, unter Beweis stellte.

Der Wendepunkt ihres Lebens war ein Verkehrsunfall: Ein Motorradfahrer raste ohne ihr Verschulden von der Seite in ihren Lieferwagen. Nach den Verhältnissen bei ihren späteren Fahrzeugen zu urteilen, war wohl auch dieses nur im Himmel versichert, weshalb es nicht überrascht, daß sie Fahrerflucht beging (»türmte«, wie sie sich ausgedrückt hätte) und weder Namen noch Adresse hinterließ. Der Motorradfahrer starb an den Folgen des Zusammenpralls, und sie hatte trotz ihrer Schuldlosigkeit am Unfall mit ihrer Fahrerflucht eine Straftat begangen. Die Polizei schrieb eine Fahndung nach ihr aus. Nachdem sie sich als Novizin im Konvent schon einen neuen Vornamen zugelegt hatte, änderte sie nun unter ganz anderen Vorzeichen auch ihren Nachnamen in Shepherd und kehrte nach Camden Town in die Nähe des Konvents zurück, wo sie seinerzeit die Gelübde abgelegt hatte. Und auch wenn sie in den folgenden Jahren nur wenig mit den Nonnen zu tun hatte, entfernte sie sich den Rest ihres Lebens doch selten weit von diesem Gebäude.

All das erfuhr ich in diesen letzten paar Tagen. Sie wirkte auf mich plötzlich wie eine Figur aus einem Roman von Dikkens, deren Herkunft und Geheimnis bei der allgemeinen Auflösung vor dem glücklichen Ende enthüllt und erzählt werden muß, auch wenn dieses Happy-End nur hieß, daß ich mein eigenes Auto endlich in die Auffahrt stellen konnte, wo all die Jahre ihr Lieferwagen gestanden hatte.

Postskriptum (1994)

In diesem Bericht über Miss Shepherd sind zahlreiche Einträge in meinen Tagebüchern zusammengefaßt, die sich um sie drehten. Unerwähnt (obwohl sie sich aus den vorangestellten Daten erschließen lassen) blieben die formellen Vorkehrungen, die sie in ihren letzten Tagen traf. Am Sonntag vor ihrem Tod besuchte sie die Messe, was sie monatelang nicht getan hatte; am Mittwoch willigte sie ein, zum Waschen abgeholt und sauber eingekleidet im Lieferwagen auf saubere Laken gebettet zu werden; und noch in derselben Nacht starb sie. Diese Abfolge schien so ordentlich geplant, daß ich beim Niederschreiben das Gefühl hatte, wenn ich sie besonders betonte, würde mein Bericht unwahrscheinlich oder zumindest kitschig und melodramatisch wirken. Doch die Ärztin, die Miss Shepherd für tot erklärte, erklärte mir, daß sie solche Umstände schon bei einigen Todesfällen erlebt habe; daß wohl kaum das Bad sie umgebracht hatte (wie ich mir schon gewollt witzig eingeredet hatte), sondern daß ihre Zustimmung zur Reinigung und zu den sauberen Kleidern sowohl Vorbereitung auf als auch Einwilligung in den nahenden Tod gewesen sei.

Ebensowenig wird aus dem ursprünglichen Bericht deutlich, wie ich in den Tagen nach ihrem Tod ihre so lange gehegten Geheimnisse enthüllen konnte. Einige Monate zuvor hatte eine Grippeattacke sie wohl davon überzeugt, ihre Angelegenheiten regeln zu müssen, und sie hatte mir einen Briefumschlag gezeigt, den ich brauchen könnte, »falls mir etwas zustößt, womöglich«. Ich würde den Umschlag unter der Sitzbank finden, wo sie auch Sparbücher und andere Papiere aufbewahrte. Was der Umschlag enthielt, verriet sie mir nicht, und als sie die Grippe schließlich überstanden hatte, verlor sie kein Wort mehr darüber.

Ungefähr um diese Zeit jedoch bekam ich auch den ersten Hinweis drauf, daß sie nicht ihren eigenen Namen verwendete. Wie ich wußte, hatte sie Geld bei der Bausparkasse *Abbey National* angelegt, und in regelmäßigen Abständen flatterten deren glänzende Broschüren ins Haus – junge, glückliche Hausbesitzer, die fröhlich über die Schwelle ihres ersten Hauses in ein segensreiches, hypothekenbeladenes Leben schritten.

»Post für Sie, Miss Shepherd.« Ich klopfte ans Wagenfenster und wartete, bis die dürre Hand sich herausstreckte (lange graue Fingernägel; die Finger hellbraun befleckt, als hätte sie ihm Lehm gewühlt). Der Umschlag mit der Broschüre wurde ins düstere, stinkende Wageninnere gezogen, wo er erst nach einer ganzen Weile geöffnet wurde, nachdem sie das neueste aufregende Angebot der Bausparkasse in mißtrauischen Händen hin und her gewendet hatte und sicher war, daß es nicht von der IRA kam. »Womöglich wieder eine Bombe. Die wissen, wie ich über sie denke.«

Im Jahre 1988 sollte die *Abbey National* von einer Bausparkasse in eine Bank umgewandelt werden, was Miss Shepherd aus unerfindlichen Gründen (womöglich der Veränderung wegen) strengstens mißbilligte. Als Anteilseignerin durfte sie darüber abstimmen, und bevor sie ihr Formular ausfüllte, fragte sie mich (und formulierte die Frage mit Bedacht allgemein), ob eine Stimme auch dann gültig sei, wenn der Käufer der Anteile seinen Namen geändert habe. Ich antwortete, es sei wohl offenkundig, daß die Stimme unter dem Namen abgegeben werden müsse, unter dem auch die Anteile gekauft worden seien. »Warum?« fragte ich nach. Aber ich hätte mir denken können, daß sie eine solche, wenn auch nur vorsichtig enthüllende Andeutung nicht weiter ausführen würde, und richtig: Sie schüttelte stumm den Kopf und knallte das Fenster zu. Als ich allerdings (und auch das war zu erwarten gewesen) am nächsten Tag am Lieferwagen vorbeiging, streckte sie ihre Hand wieder heraus.

»Mr. Bennett. Was ich da über Namensänderungen gesagt habe, verraten Sie bitte niemandem. Das war rein theoretisch, womöglich.«

Nach Miss Shepherds Tod ließ ich den Wagen einige Tage unberührt, nicht aus Pietät oder Takt, sondern weil ich es einfach nicht über mich bringen konnte, hineinzusteigen. Ich brachte zwar ein neues Vorhängeschloß an der Hecktür an, aber ich versuchte nicht, ihre Sparbücher und Anteilscheine oder den wichtigen Umschlag zu finden. Doch die Nachricht von ihrem Tod verbreitete sich, und als ich eines Nachmittags einen Schrotthändler herumschnüffeln sah, wurde mir klar, ich würde die Zähne zusammenbeißen (oder die Nase zuhalten) und Miss Shepherds Besitztümer durchforsten müssen.

Für eine gründliche Untersuchung hätte man ein Archäologenteam gebraucht. Jede verfügbare Oberfläche war mit mehreren Schichten alter Wäsche, Kleider, Decken und gesammelter Papiere bedeckt, einige davon seit Jahren nicht bewegt und unter Krusten uralten Talkumpuders verborgen. Dieses Allheilmittel war flächendeckend über nasse Pantoffeln, gebrauchte Inkontinenzbinden und halbgegessene Dosen *Baked Beans* gestreut worden und hatte dabei eine Wirkung entfaltet, die den eigentümlichen Geruch des Lieferwagens eher verstärkte als überdeckte. Im schmalen Gang zwischen den beiden Sitzbänken, wo Miss Shepherd gekniet, gebetet und geschlafen hatte, war zwanzig Zenti-meter hoch durchweichter Müll festgestampft, überzogen von einer dünneren Schicht verdorbener Lebensmittel, Fertigkuchen, verschrumpelten Äpfeln, vergammelten Apfelsinen und jeder Menge Batterien – lose Batterien, eingepackte Batterien, geplatzte Batterien, aus denen schwarze, klebrige Masse auf prähistorische Biskuitrollen und die unvermeidlichen Zitronenbrausen tropfte, zwischen denen sie gelandet waren. Mit einem Taschentuch vor dem Gesicht klappte ich eine der Sitzbänke hoch, denn darunter, so hatte sie mir verraten, versteckte sie ihre Sparbücher. Auf der Unterseite der Sitzbank krabbelten zahllose Fliegen und Maden, doch auch die Bücher waren da, zusammen mit anderen Dokumenten, die sie als wertvoll betrachtet hatte: ein Zertifikat der Fahrtüchtigkeit für ihren *Reliant*, längst abgelaufen; eine Quittung für Reparaturen am selben Wagen vor drei Jahren; ein Angebot für vierzehn Tage Sonne und Meer auf den Seychellen, das einer Packung Autopflegewachs beigelegen hatte. Was jedoch fehlte, war der Umschlag. Es blieb mir also nichts anderes übrig, als den Lieferwagen umzugraben, den schwärenden Abfall in der Hoffnung zu durchwühlen, auf die versprochene Botschaft zu stoßen, in der vielleicht ihre Geschichte verborgen lag.

Als ich den Wagen durchsuchte, hielt ich nicht nur nach dem Umschlag Ausschau; ich durchsiebte den angehäuften Abfall von fünfzehn Jahren, weil ich den Grund zu entdecken hoffte, aus dem Miss Shepherd sich so zu leben entschlossen hatte. Ich stieß jedoch ständig auf Dinge, die den Schluß nahelegten, »so zu leben« sei gar nicht so verschieden vom Leben normaler Menschen. Zum Beispiel tauchte ein Satz zueinander passender Küchenutensilien auf – eine Suppenkelle, ein Pfannenwender, ein Kartoffelstampfer –, die alle unbenutzt waren. So etwas hätte auch meine Mutter kaufen und in der Küche aufhängen können, nur fürs Auge, während sie doch weiter die abgestoßenen alten Werkzeuge benutzte. Päckchen billiger Seife und natürlich Talkumpuders, die Plastikhülle noch intakt; auch solche Dinge fanden sich daheim in der Küchenschublade. Meine Mutter hortete außerdem Toilettenpapier, wovon sich hier ein Dutzend Rollen fanden. Ein Gewürzset, noch im Karton. Wann hatte sie in solchem Chaos je dieses Attribut gepflegter Gastlichkeit benutzen wollen? Aber wann wurde unseres je benutzt, das beständig im Wandschrank darauf wartete, daß meine Eltern am gesellschaftlichen Leben teilnahmen, was sie doch vielleicht gar nicht wollten? Je länger ich mich abmühte, desto weniger sonderbar erschien mir der Lieferwagen – hier herrschten ähnliche Sitten und Ansichten wie in meinem Elternhaus.

Und es fand sich auch Bargeld. Miss Shepherd hatte fast £ 500 in einem Täschchen um den Hals getragen, und aus den matschigen Schichten auf dem Wagenboden rettete ich noch einmal £ 100. Wenn man die Bausparverträge und ihre Schatzbriefe dazunahm, hatte es Miss Shepherd geschafft, £ 6.000 beiseite zu legen. Da sie keine Pensionsberechtigung hatte, mußte sie das von ihrer mageren Sozialhilfe abgezweigt haben. Ich weiß nicht, ob sie von der gegenwärtigen Regierung für ihre Sparsamkeit gelobt oder als Schmarotzerin gebrandmarkt worden wäre. Obwohl selbst erzkonservativ, wäre sie für die Sozialabbauer der Konservativen sicher ein gefundenes Fressen gewesen. Ich hätte allerdings gerne gesehen, wie diese Leute ihr solche Vorwürfe von Angesicht zu Angesicht gemacht hätten.

Auch wenn Miss Shepherds Hinterlassenschaft eher bescheiden war, hatte ich doch mit weniger gerechnet und war daher noch dringender interessiert, den Umschlag zu finden. Also ging ich noch einmal alle alten Kleider durch, tastete vorsichtig in alle Taschen, schüttelte in einer Wolke von Motten und dem Duftwasser »*French Fern*« die Decken aus. Doch ich fand nichts außer ihrer Busfahrkarte mit dem grimmigen Foto, das aussah, als hätte man es während der Belagerung von Stalingrad aufgenommen, und das mich nicht gerade ermutigt hatte, die von ihr vorgeschlagene Comedy-Serie zu dem Thema zu schreiben. Ich wollte gerade aufgeben und war zu der Überzeugung gelangt, daß sie den Umschlag bei sich getragen haben müsse und daß er mit ihrem Leichnam abtransportiert worden sei, als ich schließlich im Handschuhfach darauf stieß. Er war steif von getrockneter Suppe, steckte neben einem weiteren Vorrat Batterien und Zitronenbrause und war mit den Worten »Mr. Bennett, falls nötig« beschriftet.

Ich wartete immer noch auf eine Erklärung (»Ich bin, wie ich bin, womöglich, weil ...«), als ich den Umschlag öffnete. Doch selbst in ihrer letzten Mitteilung an mich blieb Miss Shepherd sich treu und gab nicht mehr preis als unbedingt nötig. Auf dem Zettel stand nur der Name eines Mannes und eine Telefonnummer in Sussex.

Ich räumte den Lieferwagen leer, kratzte alle Reste vom Boden und öffnete sämtliche Türen und Fenster, bis er zum ersten Mal nach ihrem Einzug beinahe süß duftete – oder eher nicht, denn widerlich süß hatte er ja dank ihrer Lebensweise vorher gerochen. Mein Nachbar, der Künstler David Gentleman, der vor zehn Jahren eine rasche Skizze von Miss Shepherd gemacht hatte, wie sie dem Abtransport ihres früheren Lieferwagens zusieht, kam herüber und fertigte eine idyllische Zeichnung dieses ihres letzten Fahrzeugs an, mit hochwachsendem Gras ringsum und in der Frühlingsbrise flatternden Vorhängen.

2. Mai 1989. Heute nachmittag kommt ein ziemlich adretter Schrotthändler, der sich vor fünfzehn Jahren geweigert hat, einen älteren Wagen von Miss Shepherd auf Anordnung der Bezirksverwaltung abzuschleppen, weil jemand darin wohne. Sagt er jedenfalls, aber vielleicht will er damit auch nur seinen Anspruch auf dieses Fahrzeug unterstreichen. Er steht auf meiner Schwelle und wartet vielleicht darauf, daß ich ihm einen Preis nenne; ich warte ebenfalls, ob er etwa eine Gebühr verlangt. Das beiderseitige Schweigen nehmen wir zum Zeichen, daß der Handel ohne jegliche Zahlung vonstatten gehen soll, und nach einer Stunde kommt er mit seinem Abschleppwagen wieder. Tom M. fotografiert, wie der Lieferwagen wie ein Elefantenkadaver durchs Tor und die Laderampe hinauf geschleift wird; die wundersamen Reifen sind immer noch prächtig mit Luft gefüllt. Der Schrotthändler schmiert mit dem Finger »Wird abgeschleppt!« auf die verdreckte Windschutzscheibe; ich stelle mich für ein letztes Foto neben die Kühlerhaube (das Foto wird jedoch nichts), und schließlich bewegt sich der Lieferwagen zum letzten Mal den Crescent hinauf – die Auffahrt wirkt so groß und leer wie die Piazza San Marco.

5. Mai 1989. »Mr. Bennett?« Die Stimme hat einen leicht militärischen, etwas scharfen Klang, jedoch keinen erkennbaren Akzent, und sie wirkt nicht wie die eines Mannes, der über 80 sein muß. »Sie haben mir einen Brief über eine Miss Shepherd geschickt, die anscheinend in Ihrer Auffahrt verstorben ist. Ich muß Ihnen mitteilen, daß ich mit einer solchen Person nicht bekannt bin.« Ich bin leicht verblüfft und beschreibe ihm Miss Shepherd und ihre Lebensumstände, gebe ihm ihr Geburtsdatum. Eine kurze Pause entsteht.

»Aha. Es handelt sich offensichtlich um meine Schwester.«

Er erzählt mir ihre Geschichte, wie er kurz nach dem Krieg aus Afrika zurückkehrte und feststellen mußte, daß sie ihre Mutter terrorisierte, ihr einredete, wie böse sie sei, was sie essen dürfe und was nicht; am Ende der anschließenden Auseinandersetzungen ließ er seine Schwester schließlich in eine psychiatrische Klinik in Hayward's Heath einweisen. Er schildert mir ihre weitere Geschichte, jedenfalls soweit er sie kennt, und sagt, zum letzten Mal habe er sie vor drei Jahren gesehen. Er redet sehr direkt und ehrlich mit mir und versucht seine Schuldgefühle wegen der Einweisung nicht zu verheimlichen, obwohl er auch nicht weiß, was er sonst hätte tun können. Er erzählt mir, daß er nie mit ihr ausgekommen ist und nicht begreifen kann, wie ich es so viele Jahre mit ihr ausgehalten habe. Ich berichte von dem hinterlassenen Geld und erwarte halbwegs, daß er plötzlich ganz anders reden und betonen wird, wie nahe sie sich standen. Doch kein Wort davon. Da sie sich nie vertragen hätten, will er auch nichts von ihrem Geld und meint, ich solle es nehmen. Als auch ich es ablehne, bittet er mich, es wohltätigen Zwecken zukommen zu lassen.

Die Romanautorin Alice Thomas Ellis hat Miss Shepherds Tod in ihrer Kolumne im *Spectator* (unter dem Pseudonym Anna Haycraft) erwähnt. Das erzähle ich ihm vor allem, um ihm zu zeigen, daß seine Schwester einen Platz im Herzen einiger Menschen gefunden hat und nicht bloß eine zänkische alte Frau war. »Zänkisch ist noch vorsichtig ausgedrückt«, sagt er und lacht. Ich spüre die Anwesenheit einer Ehefrau im Hintergrund und stelle mir vor, daß sie sich nach dem Ende unseres Telefonats darüber unterhalten.

Auch ich denke natürlich darüber nach, über das kühne Leben, das sie geführt hat, und wie sehr es sich von meinem zaudernden Dasein unterscheidet – mein Leben ist, wie Camus sagte, im Grunde das Gegenteil von Ausdruck. Und mir wird auch klar, daß der Standort von Miss Shepherds Lieferwagen – vor mir, aber leicht zur Seite versetzt – der Lage der meisten Dinge entspricht, über die ich schreibe: ein wenig abseits, nie direkt vor meiner Nase.

Mehr als ein Jahr später war ich zufällig in der Nähe des Dorfes, in dem Miss Shepherds Bruder Mr. F. lebte, also rief ich ihn an und fragte, ob ich zu Besuch kommen dürfte. Inzwischen hatte ich in der *London Review of Books* über Miss Shepherd geschrieben, und *Radio 4* hatte eine Serie von Geschichten über sie gesendet.

17. Juni 1989. Mr. und Mrs. F. leben in einem kleinen Bungalow in einem Neubaugebiet etwas abseits der Hauptstraße. Wahrscheinlich hatte ich etwas Großzügigeres erwartet, weil er das Erbe so rasch und ohne Zögern abgelehnt hatte; tatsächlich jedoch ist Mrs. F. gehbehindert, und sie leben in ziemlich bescheidenen Verhältnissen, was seinen Verzicht noch ehrenwerter macht. Die Telefonstimme hatte mich an einen forschen und sachlichen Herrn denken lassen, in Wirklichkeit ist er rundlich und jovial, und sowohl er als auch seine Frau lachen oft und gern. Sie servieren einen herrlichen Kuchen, den er gebacken hat (seine Frau leidet an schwerer Arthritis), und beantworten dann geduldig meine Fragen.

Die interessanteste Eröffnung ist zweifellos die, daß Miss Shepherd als Mädchen eine talentierte Pianistin war und in Paris beim großen Alfred Cortot studiert hat, der ihr riet, eine Konzertkarriere anzustreben. Mit der Entscheidung für den Konvent war es mit dem Klavierspielen vorbei, »und das hat ihrem Geisteszustand sicher nicht gutgetan«, sagt Mr. F.

Er erinnert sich an ihre gelegentlichen Besuche, bei denen sie nie durch den Vordereingang kam, sondern über die Felder hinterm Haus stakste und über den Gartenzaun kletterte. Mrs. F. ignorierte sie schlicht, in der richtigen Annahme, daß Frauen ihr womöglich mit weniger Toleranz begegneten als Männer.

Er meint, die Erzählungen von einem Verlobten seien blanker Unsinn; sie habe sich nie für Männer interessiert. Als sie im Krieg Rettungswagen fuhr, zogen die anderen Fahrer und Fahrerinnen sie ständig auf, nachdem man sie einmal gefragt hatte, warum sie nicht verheiratet sei. Sie hatte sich aufgerichtet und gesagt: »Weil ich noch keinen Mann gefunden habe, der mich befriedigen konnte.« Das Gelächter der anderen verwirrte sie, und sie erzählte daheim ihrer Mutter davon, die ebenfalls lachte.

Mr. F. hat die Geschichte seinen Freunden gegenüber nicht verheimlicht, vor allem seit den Radiosendungen nicht mehr, und erzählt allen Leuten, daß er sein Leben lang versucht hat, sich einen Namen zu machen, und da kommt seine Schwester, die wie ein Landstreicher gelebt hat, und wird berühmter, als er es je sein wird. Doch dann erzählt er von seiner Laufbahn in Afrika und daß er immer noch ab und zu als Tierarzt arbeitet, und als ich aufbreche, bin ich voller Bewunderung für die beiden: humorvoll, freundlich, in der alltäglichen Praxis so gute Menschen, wie es Miss Shepherd in der Theorie war – er ist der Bruder Martha für seine Schwester Maria.

Manchmal, wenn ich eine Lieferwagentür zufallen höre, denke ich »Das ist Miss Shepherd« und blicke unwillkürlich auf, um zu sehen, wie sie heute morgen gekleidet ist. Doch der Ölfleck, der den Parkplatz ihres Vehikels erkennen ließ, ist längst verschwunden, und die gelben Farbflecken sind fast vollständig verblaßt. Doch sie hat ein dauerhaftes Vermächtnis hinterlassen, und nicht nur mir allein. Motten assoziiere ich mit den vierziger Jahren wie Diphtherie und Pomade, und bis Miss Shepherd ihre Zelte in meiner Auffahrt aufschlug, gehörten sie für meine Begriffe der Vergangenheit an. Doch so wie auch die Pest angeblich durch verseuchte Kleidung im Dorf Eyam in Derbyshire Einzug hielt, so brachten auch Miss Shepherds Kleider die Plage in mein Haus, obwohl sie in einem schwarzen Plastiksack steckten. Sie verbreitete sich aus dem Kleidersack in meinen Kleiderschrank und von dort in die Teppiche, und beim Auftauchen einer Motte fing ich hektisch an, nach ihr zu schlagen oder zu treten. Das Aufräumen des Lieferwagens nach ihrem Tod verbreitete die Epidemie noch gründlicher, so daß nun auch viele meiner Nachbarn Anteil an diesem unerwünschten Vermächtnis haben.

Ihr Grab auf dem Friedhof St. Pancras ist kaum geräumiger als der schmale Streifen am Boden des Lieferwagens, auf dem sie vorher zwanzig Jahre lang geschlafen hat. Kein Stein markiert die Grabstelle, doch da sie selbst so ungern ihren Namen oder sonstige Informationen über sich preisgab, denke ich, darüber wäre sie nicht verärgert.

Der Verrat der Bücher

»Wißt ihr, was ihr werden solltet?« sagte meine Mutter zu meinem Bruder und mir. »Gutsbesitzer. Als Gutsbesitzer verdient man bis zu zehn Pfund die Woche.« Dieser Satz fiel in den ersten Kriegsjahren in Leeds, mein Vater verdiente als Schlachter im Genossenschaftsladen an der Armley Lodge Road sechs Pfund in der Woche, und damit, meinten die beiden, ging es uns ganz gut. Aus heutiger Sicht erscheint also nicht so sehr die Bescheidenheit der mütterlichen Wunschvorstellungen erstaunlich als vielmehr die Richtung, die sie nahmen. Warum Gutsbesitzer? Die Antwort lautet natürlich: Bücher.

Wir hatten allerdings tatsächlich Erfahrungen auf einem Hof gesammelt. Als der Krieg begann, war ich fünf, und Montag, der 4. September 1939, hätte mein erster Schultag werden sollen; doch leider kam es anders. Zu gerne würde ich berichten, daß meine Familie sich atemlos um den Radioempfänger scharte, wie die meisten Familien um elf Uhr an jenem Sonntag morgen, doch schon im Alter von fünf Jahren war mir klar, daß ich einer Familie angehörte, die zwar nicht im geringsten bemerkenswert oder exzentrisch war, der es aber dennoch nie ganz gelang, sich wie andere Familien zu benehmen. Denn in diesem Fall wären mein Bruder und ich mit allen anderen Kindern bereits eine Woche zuvor evakuiert worden, doch das brachten meine Eltern nicht übers Herz. Also hatten wir wenig Anteil an der nationalen Gefühlslage und wurden wie üblich nicht von den Schwingen der Geschichte gestreift, da wir zum Zeitpunkt von Mr. Chamberlains Radioansprache mit der Straßenbahn die Tong Road entlang in die Innenstadt von Leeds unterwegs waren. Meine Eltern hatten mit dem Schlimmsten gerechnet und meinem Bruder und mir angekündigt, wir würden zum Picknicken aufs Land fahren – eine Tätigkeit, die mir bisher ausschließlich in Büchern begegnet war. An jenem schicksalsträchtigen Sonntag kreisten meine Gedanken also um die bevorstehende Begegnung meines Lebens mit der Literatur; daß ich in freudiger Erwartung einer Erfahrung, die ich nur aus Büchern kannte, vom bedeutsamsten Ereignis des zwanzigsten Jahrhunderts nichts mitbekam, scheint mir heute ein betrübliches Omen.

Und die traurige Lektion, daß das Leben die Versprechungen der Literatur selten halten kann, ließ auch nicht lange auf sich warten: Das ersehnte Picknick nahmen wir nicht wie in den Büchern auf einer schneeweißen Tischdecke im Gras an einem Flußufer ein, sondern auf einer Bank an der Bushaltestelle in der Vicar Lane, wo wir den halben Tag lang auf den Bus warteten, der uns endlich aus der angeblich dem Untergang geweihten Stadt bringen sollte.

Am frühen Nachmittag kam ein Bus, der in Richtung Pateley Bridge fuhr, was noch jenseits von Harrogate lag. Irgendwo auf dem Weg stiegen wir vier an einer ganz zufällig gewählten Haltestelle aus, und unsere Odyssee fand ein Ende. Wir befanden uns in einem Dorf namens Wilsill am Flüßchen Nidd. Es bestand zwar nur aus ein paar Häusern, einem Laden, einer Schule und einer Kirche, doch obwohl wir meilenweit von der nächsten Stadt entfernt waren, hatte man auch hier das Gewässer aufgestaut, um einen ständigen Vorrat an Löschwasser bereitzuhalten, mit dem die Feuerwehr die zu erwartenden Bombenbrände eindämmen konnte. Der Bushaltestelle gegenüber lag ein Bauernhof. Mein Vater war eher schüchtern, und auch wenn anderswo an diesem Tag sicher mutigere Taten vollbracht wurden, finde ich es immer noch heldenhaft, daß er an der Tür eines Bauernhauses klopfte und wildfremde Menschen bat, uns Obdach zu gewähren. Die Familie hieß Weatherhead und nahm uns ohne jede Diskussion auf, so wie man überall in England in jener ersten Kriegswoche Menschen aufnahm.

Am Abend fuhr Papa mit dem Bus zurück nach Leeds, meine Mutter weinte, als müsse er zurück an die Front, und wir blieben fortan in Wilsill – aber wie lange? Mein Bruder, der damals acht war, behauptet, es seien drei Wochen gewesen; mir kam es mit meinen fünf Jahren wie mehrere Monate vor; aber ob Wochen oder Monate, die Zeit war jedenfalls sehr glücklich, bis irgendwann klar wurde, daß so schnell nichts passieren würde, und wir nach Hause zurückkehrten. Byril Farm (heute leider kein Bauernhof mehr, aber mit nachgemachten Kutschenlampen geschmückt) ist mir als einzige Episode meiner Kindheit in Erinnerung geblieben, die den in Büchern geweckten Erwartungen standhalten konnte.

Ich hatte zu dem Zeitpunkt schon einige Geschichten gelesen, denn ich hatte recht früh lesen gelernt, anscheinend einfach dadurch, daß ich meinem Bruder beim Lesen seiner Comics über die Schulter schaute, bis das Geschriebene auf einmal einen Sinn ergab. Obwohl ich gerne las (und gerne damit angab), wurde mir bald bewußt, daß die Welt der Bücher nur entfernt der Welt verwandt war, in der ich lebte. Die Familien, von denen ich las, waren nicht ganz wie meine Familie (aber das war ja auch sonst keine Familie). Diese Familien hatten Hunde und Gärten, lebten in Dörfern, wo es reetgedeckte Häuschen und Mühlengräben gab, wo Kinder Abenteuer erlebten, Leben retteten, Halunken fingen und Schätze fanden, bevor sie erschöpft, aber glücklich nach Hause zurückkehrten und auf karierten Tischdecken reichliche Abendmahlzeiten serviert bekamen, in gemütlichen alten Häusern mit niedrigen Deckenbalken, wo gelassene, Pfeife rauchende Väter und sanfte, Schürzen tragende Mütter das Regiment führten, die ausnahmslos mit *Mutti* und *Vati* angesprochen wurden.

Um diese fabelhafte Welt meiner eigenen näherzubringen, versuchte ich als ersten Schritt das übliche »Mama« und »Papa« durch »Mutti« und »Vati« zu ersetzen, doch ich wurde streng zurechtgewiesen. Mein Vater war sehr empfindlich jedem Anflug gesellschaftlicher Anmaßung gegenüber; es hatte sogar schon am Taufbecken einen Disput gegeben, weil eine meiner Tanten meinen Bruder mit zwei Vornamen versehen haben wollte, an Stelle des einen üblichen.

Wären es nur Geschichten gewesen, die mit der Welt nicht zusammenpassen wollten, hätte ich damit umgehen können. Doch nicht nur Fiktion erwies sich als Fiktion. Auch Fakten stellten sich als Erfindung heraus, denn Lehrbücher schienen ebensowenig mit der Wirklichkeit zu tun zu haben wie meine Bilderbücher. In der Schule oder in meinem eigenen *Boy's Book of the Universe* las ich von den kleineren Wundern der Natur – von den Stichlingen, die sich noch im gewöhnlichsten Teich herumtrieben, von Lurchen und Kröten, die unter jedem Stein lauern sollten, von Libellen, die über gekräuselte Wasseroberflächen schwirrten. Aber nicht in Leeds, soweit ich sehen konnte. In hohlen Bäumen wohnten Eulen, sagten die Naturkundebücher, doch ich konnte keine Eulen entdecken – und auch hohle Bäume waren recht dünn gesät. Nur in einer Hinsicht bewies die Natur Texttreue, nämlich beim Froschlaich. Den gab es selbst in Leeds, weshalb ich brav Marmeladengläser damit füllte und sie neben die großen, welkenden Sträuße blauer Glockenblumen auf die hintere Fensterbank stellte. Doch die Kaulquappen wurden nie zu ausgewachsenen Fröschen, wie in der Literatur versprochen, sondern gaben unweigerlich zu Beginn der zweibeinigen Phase den Geist auf, worauf sie ohne Mamas Wissen heimlich die Toilette hinuntergespült wurden.

Das gleiche Bild bot sich im Urlaub. Wenn man den Büchern Glauben schenkte, war jede Küste von Seesternen und fein ziselierten Muschelschalen gesäumt, in jedem Felsbecken tummelten sich Seepferdchen oder gar Krabben, die ich bisher nur im Schaufenster von *Macfisheries* zu Gesicht bekommen hatte. In Morecambe an der Westküste ließen sie sich jedenfalls nie blicken, ebensowenig wie die anderen verheißenen Attraktionen der Meeresküste. Zu sehen war nichts als ein riesiger, unbewohnter Streifen Schlamm und irgendwo dahinter das Meer, unsichtbar, unplanschbar und von Stacheldrahtrollen gesäumt, um etwaige Fallschirmspringer abzuschrecken, die sich ausgerechnet dieses Fleckchen zur Landung aussuchten.

Diese Hinweise auf den Kriegszustand und die allgemeine Knappheit von Süßigkeiten und anderen Leckereien brachten mich dazu, die Mangelerscheinungen der Natur ebenfalls auf den Ausbruch der Feindseligkeiten zu schieben. Ich kann mich nicht erinnern, daß ich vor meinem sechzehnten Lebensjahr blühende Magnolien gesehen habe, und als ich sie dann zum ersten Mal erblickte, dachte ich: »Na, wahrscheinlich gab es die im Krieg nicht.« Genauso verhielt es sich mit Muscheln, Seesternen und anderen Wundern der Natur: Ihre kleineren Schätze waren eingelagert, solange Krieg herrschte, zusammen mit den Wegweisern, Neonlampen und den Automaten für *Five-Boys*-Schokolade, die auf jedem Bahnsteig standen und nun ausnahmslos leer waren.

Dieses Gefühl der Entbehrung hatte sich im Alter von sieben oder acht Jahren voll ausgebildet und bezog sich bisweilen auf bestimmte Worte. Ich hatte in zahlreichen Geschichten gelesen, zuerst wahrscheinlich im Märchen von den *Babes in the Wood*, wie das kindliche Heldenpaar sich zwar im Wald verirrte, aber die Nacht trotzdem behaglich auf *Kiefernnadeln* gebettet verbrachte. Diese offenbar erfreulich gemütliche Unterlage war mir noch nie begegnet, und ich fragte mich, wo man sie wohl finden mochte. Womöglich gar in Leeds? Es gab schließlich reichlich Parks in der Stadt – Gott's Park, Roundhay Park –, eine dieser Anlagen mußte doch Kiefernnadeln bereithalten.

Und dann gab es noch *das Grün*, das ständig bei Robin Hood auftauchte. Jedes Ritterturnier wurde unweigerlich darauf ausgetragen. Was war dieses Grün? »Gras«, beschied mich meine Lehrerin Miss Timpson knapp; doch das konnte nicht sein. Gras waren die harten, rußigen Halme auf dem Bolzplatz an der Moorfield Road, wo wir abends nach der Schule spielten. Das war kein Grün. Als ich also von Wäldern in der Gegend von Bramley hörte, nur wenige Meilen von unserem Haus entfernt, machte ich mich auf die Suche nach dem Grün und hoffte, unterwegs auch gleich auf Kiefernnadeln zu stoßen. Ich wanderte an den Rhabarberfeldern von Hill Top vorbei, über die Stanningley Road ins Tal hinab, das von Kirkstall Abbey aus nach Westen führt. Aber dort fand ich bloß die gleichen modrigen Bäume und zähen Grashalme wie bei uns in Armley. Kiefernnadeln und Grün, Seesterne und Stichlinge – davon konnte man nur in Büchern lesen.

Und aus Büchern mußten auch die Gutsbesitzer gekommen sein, vielleicht aus Winifred Holtbys *South Riding* oder aus einem Roman von Phyllis Bentley: Diese beiden Schriftstellerinnen schätzte meine Mutter sehr – lokale Berühmtheiten (so wie viele Jahre später John Braine, der Autor von *Room at the Top*), die den Sprung aus der Textilfabrik oder dem Bergwerk geschafft und es zu etwas gebracht hatten, was natürlich bedeutete, daß sie in den Süden Englands gezogen waren. Ihre Bücher waren ebenso wie die, welche mein Bruder und ich lasen, aus der öffentlichen Bücherei von Armley geliehen, die am unteren Ende der Wesley Road lag: ein prachtvolles Gebäude, erbaut um die Jahrhundertwende, mit einer Marmortreppe und Schwingtüren mit farbigen Fenstern.

Die Jugendbibliothek befand sich in einem separaten Raum, und man konnte sich keine lesefeindlichere Einrichtung für Kinder denken. Die Sammlung wurde von einem grimmigen Armeeveteranen bewacht, einem Überbleibsel aus dem Burenkrieg, der mit seinen Orden und dem mächtigen weißen Schnauzbart genau wie Hindenburg auf den deutschen Briefmarken im Sammelalbum meines Bruders aussah. Die Bücher waren eins wie das andere in robuste schwarze oder braune Einbände gehüllt und sahen also wenig verlockend aus, ob es sich nun um G. A. Henty, Captain Marryat oder die *Dr.-Doolittle*-Bücher meines Lieblings Hugh Lofting handelte.

Im Vergleich dazu war die Erwachsenenbibliothek hell und fröhlich. Papa suchte dort nach etwas Lustigem von Stephen Leacock oder »nach einer guten Geschichte«, wie er es nannte, während Mama in der Sachbuchabteilung nach ihren bevorzugten kleinen Fluchten in die vornehme Welt Ausschau hielt – märchenhafte Erzählungen von Paaren, die alles aufgegeben hatten, um einen kleinen Hof zu bewirtschaften (angehende Gutsbesitzer), oder Frauen wie Monica Dickens, die etwas auf eigene Faust gewagt hatten. Ihr besonderer Favorit war William Holt, und sein Bericht *I Haven't Unpacked* war eines der wenigen Bücher, die Mama in ihrem Leben erwarb. Auch das war eine Art Flucht: die Geschichte eines Mannes, der wie sie in einer Textilstadt aufgewachsen war, sich eines Tages ein Pferd gekauft und zu seinen Wanderungen aufgebrochen war.

Dieses Fluchtthema, das bei H. G. Wells oder J. B. Priestley besonders stark ausgeprägt ist, hielt meine Eltern den größten Teil ihres Lebens in Bann. Ich nehme an, sie träumten selbst von Aufbruch, und inzwischen kann ich diese Träume nachvollziehen, da ich mich selbst ebenso an meinen Schreibtisch gefesselt fühle wie mein Papa sich an seine Ladentheke. Die Flucht gelang ihnen jedoch nie ganz, obwohl sie es einmal versuchten, als mein Vater gegen Ende des Krieges seinen Posten bei der Genossenschaft aufgab und auf eine Anzeige im *Meat Trades Journal* antwortete, die eine Anstellung bei einem privaten Schlachter in Guildford verhieß. Und so lebten wir ein Jahr lang in Guildford. Im Süden Englands. Dort gab es reetgedeckte Häuschen, Mühlengräben und Kinder, die ihre Eltern »Mutti« und »Vati« nannten – die Welt, von der ich in meinen Büchern gelesen hatte und Mama und Papa in ihren.

Reetdächer hin oder her, sie wurden dort nicht glücklich, und an einem elenden Dezemberabend im Jahr 1945 stiegen wir vier in Holbeck wieder aus dem Zug und zockelten untröstlich zum Haus meiner Großmutter und zurück in die Wirklichkeit. Eine weitere Lektion des Inhalts, daß man nicht alles glauben sollte, was in Büchern steht.

Danach erschienen auf den Händen meiner Mutter ab und zu schreckliche Ekzeme, die Haut an den fingergelenken platzte auf und schälte sich ab. »Meine Hände sind wieder ausgebrochen«, sagte sie dann und schob es auf die falsche Seife. Doch es schien, als sei sie nun eingesperrt, und dieser »Ausbruch« der einzige, zu dem sie noch fähig war.

Die wenigen Bücher, die wir besaßen, waren meist Nachschlagewerke, die per Subskription von Zeitschriftenverlagen erworben worden waren: *Enquire Within, What Everybody Wants to Know* und schließlich *Everybody's Home Doctor* mit seinen Illustrationen eines männlichen und eines weiblichen Exemplars des menschlichen Körpers (abzüglich der Geschlechtsteile und Schambehaarung). Anthony Powells Zitat, »Bücher richten ein Zimmer erst richtig ein«, konnte meine Mutter nicht beipflichten. Ihr Grundsatz lautete eher: »Bücher bringen Unordnung ins Zimmer«, oder wie sie sich ausgedrückt hätte: »Bücher machen Wirtschaft.« Wurden also Bücher gelesen, mußten sie zwischendurch außer Sicht geräumt werden, normalerweise in das Schränkchen, das früher dem Grammophon Platz geboten hatte, welches sie nach ihrer Heirat beim Bezug der ersten eigenen Wohnung erworben hatten.

Diese Heimlichkeit im Umgang mit Büchern setzte sich noch lange fort, auch als ich längst erwachsen war und selbst Bücher besaß. Ich arbeitete im Gästezimmer, das allerdings nie durch eine solche Bezeichnung geadelt wurde und immer nur die Trödelkammer hieß. Dort wurden jetzt die Bücher aufbewahrt, und dort, zwischen den kaputten Lampenschirmen und alten Teppichflicken, der Nähmaschine und den Familienkoffern, stellte ich meinen Schreibtisch auf. Zuerst war es die Arbeit an meinem Examen, dann waren es Forschungen zur Geschichte des Mittelalters und schließlich meine eigenen literarischen Ergüsse, doch für meine Mutter war es immer das gleiche: Für sie hatte sich mein Leben seit meinem vierzehnten Lebensjahr und dem Pauken für den Schulabschluß nicht geändert, und so hießen Examensarbeit, Forschung oder Theaterstücke bei ihr bloß »dein Gebüffel«.

Als junger Mann hatte mein Vater selbst literarische Ambitionen entwickelt und sich an Wettbewerben in Zeitschriften wie *Tit-Bits* beteiligt, sogar kurze Artikel eingesandt und Geld dafür bekommen. Seit den Vierzigern konzentrierte er seinen Ehrgeiz auf ein einziges Preisausschreiben namens *Bullets*. Das war eine Einrichtung des Magazins *John Bull* und verlangte von den Einsendern eine griffige Formulierung zur Beschreibung eines vorgegebenen Sachverhalts, eine witzige, ironische oder zweideutige Sentenz – im Grunde einen verbalen Cartoon. Eine Zeitlang gewann er regelmäßig kleine Beträge, doch obwohl er auch während des Krieges und darüber hinaus dabeiblieb, bis die Zeitschrift schließlich in den späten Vierzigern einging, gewann er insgesamt nur ein paar Pfund.

Ich konnte mich mit den *Bullets* nie anfreunden und begriff auch den Humor oder den Sinn der erfolgreichen Einsendungen nie. Sie kamen mir vor wie die Witze des Radiokomikers Tommy Handley – alle fanden sie sehr komisch, aber niemand konnte darüber lachen. Was ich an *John Bull* vermißte, als es nicht mehr erschien, waren die Titelbilder, vor allem die Landschaften von Rowland Hilder – idyllische Bauernhöfe zwischen Hügeln, Buchen vor Winterhimmel – oder die Dorfbilder des taubstummen Malers A. R. Thomson, der ebenso typisch englisch war wie Norman Rockwell amerikanisch.

Als mein Vater älter wurde, war er des öfteren krank und fing deshalb an, wieder mehr zu lesen, doch jetzt war er nicht mehr so wählerisch und versuchte es mit jedem Buch, das er in meinem Regal fand. Da er von literarischen Meriten keine Ahnung hatte und Bücher nur danach beurteilte, ob er »richtig reinkam« oder nicht, verschlang er Evelyn Waugh und Graham Greene, genoß Nancy Mitford, aber konnte (am anderen Ende der Skala) John Buchan oder E. F. Benson nicht ertragen; mit Orwell wurde er gerade so fertig (»obwohl es mit der Geschichte nicht weit her ist«), und Gavin Maxwell und besonders

Wilfred Thesiger gefielen ihm recht gut. Als er zu dem Kapitel gelangte, wo einer von Maxwells zahmen Ottern von einem schottischen Straßenarbeiter ganz beiläufig mit dem Spaten erschlagen wird, brach es aus ihm hervor: »Was für ein mieses Schwein!«

Dieser Satz hatte selbst einen literarischen Hintergrund und war eine Art Familienwitz. Als Kind war Papa einmal ins Grand Theatre geschleift worden, um eine Bühnenfassung von *Uncle Tom's Cabin* zu sehen. Als Onkel Tom vom Aufseher Simon Legree ausgepeitscht wurde, rief neben Papa im Rang eine Frau laut: »Du mieses Schwein!« Der Schauspieler, der den Simon Legree gab, hielt inne, sah zum Rang hinauf, zog eine Grimasse und prügelte mit doppelter Härte weiter.

Als das Leben meines Vaters sich dem Ende näherte, war ich so von unserem deckungsgleichen literarischen Geschmack überzeugt, daß ich völlig vergaß, wie genierlich und heikel er war und wie fern meine Welt der seinen inzwischen lag. Vielleicht spielte auch eine Portion Selbstgefälligkeit mit: »Ich denke, du bist jetzt soweit«; aber als ich ihm *Portnoy's Complaint* von Philip Roth schenkte, glaubte ich wirklich, er würde es genauso witzig finden wie ich. Eigentlich wollte er immer rasch mit mir über seine Leseerfahrungen reden, doch bei meinem nächsten Besuch zu Hause erwähnte er das Buch mit keinem Wort. Später entdeckte ich es im Regal, und der Schutzumschlag als Lesezeichen zeigte mir, daß er nach nur zwanzig Seiten beschlossen hatte, es handele sich um Pornographie und sei nichts für ihn und daher natürlich im Grunde auch nichts für mich, obwohl er nichts dazu sagte. Diese Fehleinschätzung macht mir heute noch zu schaffen.

Meine Mutter war weltoffener und hätte sich über *Portnoy's Complaint* womöglich prächtig amüsiert, aber Papas literarische Erweckung hatte nie auf sie übergegriffen, und ihr Lesestoff beschränkte sich jahrelang auf die Frauenzeitschrift *Woman's Own* und darin im besonderen auf die Kolumne von Beverly Nichols, zu deren glühenden Anhängerinnen sie zählte. Doch als sie die Schwestern Brontë des öfteren in der *Yorkshire Evening Post* erwähnt fand, redete sie sich ein, daß sie deren Bücher gelesen hätte oder vielleicht gerne lesen würde – vielleicht weil sie (wieder eine ihrer Fluchten) ihre angestammte Umgebung zwar nicht körperlich, aber doch geistig und künstlerisch hinter sich gelassen hatten. An einem rauhen Februarmorgen in den späten Vierzigern stiegen wir beide also in Keighley in den Bus nach Haworth, um uns das berühmte Pfarrhaus anzusehen, in dem die drei gelebt hatten. Damals jedoch war Haworth noch gar nicht so berühmt und sich seines Potentials als Touristenfalle erfreulich wenig bewußt – die Popularität als Schauplatz der Fernsehserie *Last of the Summer Wine* lag noch in ferner Zukunft. Sicher muß der Ort einen gewissen Charme besessen haben, doch mir kam er lediglich wie eine von vielen trostlosen Textilstädten vor, und als wir den langgezogenen Hügel hinaufstapften, konnte ich nichts anderes denken, als daß es hier sicher sonntags noch trostloser war.

Wir waren an jenem Tag die einzigen Besucher des Pfarrhauses, und es war darin genauso feucht und finster, wie es zur Zeit der drei Schwestern gewesen sein mußte. Selbst für das Jahr 1948 war es in seiner Schäbigkeit und seinem Verfall ein äußerst exzentrisches Museum, und die Dame, die es betreute, war vielleicht keine Zeitgenossin der Brontës mehr, aber schien doch immerhin eine Leidensgenossin. Die Ausstellungsstücke im Haus waren unregelmäßig beschriftet: An das Sofa, auf dem Emily das Zeitliche gesegnet hatte, war beispielsweise lediglich ein gelber Zettel mit einer knappen Botschaft geheftet: »Sofa, auf dem Emily starb«. Mama war entsetzt. Der Herd konnte eine Abreibung mit Graphit vertragen, und die Vorhänge waren einfach ein Schande. »Hatten wohl zuviel mit Schreiben zu tun, um das Haus in Schuß zu halten«, kommentierte sie.

Auch wenn es noch eine ganze Weile dauerte, bis man die Vergangenheit ganz allgemein mit der geschmackvollen Patina des »kulturellen Erbes« überzog, kann dieser viktorianische Zustand im Pfarrhaus von Haworth nur noch wenige

Jahre überdauert haben. Hätte man alles so gelassen wie damals, könnte man es heute komplett in ein Museum stellen, vielleicht in ein Museum der Museen. Das wäre mit Sicherheit interessanter und vielsagender als die *Laura-Ashley*-Filiale, zu der das Pfarrhaus heutzutage geworden ist, obwohl es kaum Zweifel geben kann, welche Version Mama bevorzugt hätte.

Meine Eltern hatten immer das Gefühl, daß ihr Leben anders verlaufen wäre, ja sogar ihr Charakter sich gewandelt hätte, wenn sie mehr Schulbildung genossen hätten. Sie stellten sich vor, daß Bücher ihnen ihre Hemmungen nehmen und ihnen erlauben könnten, »sich unter die Leute zu mischen« (das war immer ihr Ehrgeiz). Eigentlich waren sie still und nicht besonders gesellig, doch ihr Leben lang pflegten sie ihre Sehnsucht nach »Weiterentwicklung« und sahen in Büchern den Schlüssel dazu. Diesen unerfüllten Traum haben sie an mich weitergegeben, so daß ich oft bemerke, wie ich unbewußt eine immer gleiche Szene in meine Theaterstücke oder Drehbücher eingebaut habe: Jemand steht vor einem Bücherschrank; vielleicht ein Junge ohne Schulbildung, der sich nicht traut, ein Buch herauszugreifen, oder eine Ehefrau, die gern an der literarischen Welt der Männer teilhaben möchte; es könnte auch Joe Orton in *Prick Up Your Ears* sein, der das Bücherregal seines Geliebten Kenneth Halliwell betrachtet und verzweifelt feststellt, daß er das nie aufholen kann, oder sogar Coral Browne in *An Englishman Abroad*, die in den Büchern des Spions Guy Burgess herumblättert, während sie über Cyril Connolly ausgefragt wird, den sie gar nicht kennt. Auf die eine oder andere Weise stehen sie alle für meine Eltern und deren Unsicherheit Büchern gegenüber. Und obwohl Bücher mich zwar nicht vor Rätsel stellen, kann ich doch auch nicht begreifen, wie man sie lieben kann (»Er hat Bücher *geliebt*«). Ich verstehe nicht, wie jemand *Literatur lieben* kann. Was soll das heißen? Einer der Vorzüge des Lebens als Gutsbesitzer ist natürlich, daß man sich nie mit solchen Fragen herumschlagen muß.

Die Straßenbahnen von Leeds

Irgendwann während des Zweiten Weltkriegs begann mein Vater, Kontrabaß zu spielen. Wenn ich mich an die Straßenbahnen meiner Kindheit erinnere, dann besonders an jene Zeit.

Es muß wohl 1942 sein, und wir wohnen in dem Haus, das meine Eltern nach ihrer Heirat kauften: Halliday Place Nummer 12 in Upper Armley. Vom Halliday Place sind zwei Straßenbahnlinien leicht zu erreichen, und wenn wir nicht zu Großmutter nach Wortley, sondern in die Stadt fahren, geht es am schnellsten mit der Linie 14. Dafür müssen wir die Ridge Road überqueren und hinten an der Christ Church (und am Süßwarenladen von Miss Marsden) vorbei zur Stanningley Road gehen. Die Stanningley Road hat schon damals getrennte Fahrbahnen, denn die Straßenbahnschienen in der Mitte der Straße sind mit Kies unterlegt und von kleinen Seitengeländern eingefaßt, so daß sie den spärlichen Verkehr in zwei getrennte Spuren leiten. Die Straßenbahnen auf der Stanningley sind normalerweise etwas besser als auf den anderen Linien, die Sitze sind besser gepolstert, und als nach dem Krieg die ersten neuen, eher stromlinienförmigen Bahnen eingeführt werden, findet man sie meistens auf dieser Strecke. Der Nachteil der Linie ist allerdings, daß sie von Bramley oder gar aus Rodley weit im Nordwesten kommt und immer schon ziemlich voll ist, weshalb wir häufig die andere Bahn nehmen, die Nummer 16, zu deren Haltestelle man die Moorfield Road hinauf zum Charleycake Park und der Whingate Junction laufen muß.

Dort ist Endstation, und deshalb wartet meistens schon eine leere Straßenbahn auf uns, und wenn wir gerade eine verpaßt haben, ist die nächste schon in Sicht und kommt die Whingate heraufgeschaukelt. Wir warten, während der Fahrer sich aus der Kabine lehnt und mit lautem Nachhall die Weiche umlegt, um die Rückfahrt auf dem anderen Gleis antreten zu können, während der Schaffner oben alle Sitze in Fahrtrichtung dreht, bevor er schließlich mit der Kurbel die Anzeige vorne auf das neue Ziel umstellt. Dann steigen der Fahrer und der Schaffner aus und machen auf der Bank der Haltestelle Pause. Der Fahrer ist normalerweise älter und kräftiger gebaut als der Schaffner (oder womöglich die Schaffnerin, obwohl ich mich an weibliches Personal erst nach Kriegsende erinnern kann).

Papa raucht, also trollen wir uns nach oben und sitzen nicht »drinnen«, eine Bezeichnung, die an die Zeiten erinnert, als man in der oberen Etage tatsächlich im Freien saß. Bei manchen Straßenbahnen ist das auch 1942 noch so, denn in den frühen Kriegsjahren hat man einige dieser oben offenen Wagen wieder in Dienst gestellt. Wir zwängen uns in die vordere Ecke, um Wind und Wetter zu spüren, was ein unverhoffter Genuß ist und außerdem der Übelkeit beim Fahren entgegenwirkt, unter der mein Bruder und ich leiden, auch wenn ich aus heutiger Sicht annehme, daß die eher von den Unmengen an Zigarettenrauch herrührte als vom Schwanken der Straßenbahn. Keiner von uns beiden muß sich je tatsächlich übergeben, aber so etwas kommt durchaus vor, irgendwo in der Straßenbahn steht just für diesen Fall ein Eimer Sand bereit.

Wir vier – Mama, Papa, mein Bruder und ich – sitzen also sicher in unserer Straßenbahn und rollen die Tong Road entlang in die Stadt, und wenn wir Oma besuchen, die am Gilpin Place wohnt, steigen wir auf halber Strecke an der Fourteenth Avenue aus.

Um 1942 jedoch beginnt die Ära des Kontrabasses, und manche Straßenbahnfahrten werden zu peinlichen Erlebnissen. Papa ist ein ganz guter Amateurgeiger, das meiste hat er sich selbst beigebracht, der Schritt zum Kontrabaß ist also nicht sonderlich groß. Er übt in der guten Stube, die sonst nie betreten wird, und weil der Baß, nehme ich an, nie ganz richtig gestimmt ist, klingt es furchtbar; eher als würde er sägen (was er ebenso häufig tut, denn eines seiner anderen Hobbys sind Laubsägearbeiten). Das Instrument ist zwar groß, sein Repertoire jedoch klein, mit Ausnahme einer Musikrichtung: Swing. Bisher hat Papa sich nie für Swing interessiert, wie überhaupt für populäre Musik nicht; ihm macht es eher Freude, am Sonntag die *Sunday Half Hour* im Radio einzuschalten und die Kirchenlieder mit der Geige zu begleiten, oder auch (allerdings etwas zaghafter) die leichten klassischen Melodien, die Albert Sandler und sein *Palm Court Orchestra* zum besten geben. Doch jetzt hat ihn ein neuer Tick gepackt, und Mama, mein Bruder und ich müssen uns mit ihm um den Empfänger scharen, aus dem jetzt das Unterhaltungsprogramm erklingt, damit wir die Tanzkapellen hören können.

»Hör zu, Mama. Hörst du den Rhythmus? Das ist der Baß. Das werde ich spielen.«

Papa ist einer Freizeit-Tanzkapelle beigetreten. Selbst mit meinen acht Jahren ist mir klar, daß das nicht gutgehen kann und bloß wieder eine seiner Marotten ist (wie Laubsägen oder selbstgebrautes Bier) – irgendwelche Pläne, die Papa schmiedet, um ein bißchen Geld nebenbei zu verdienen. Wir laufen also wieder die Moorfield Road hinauf, um in die Straßenbahn zu steigen, aber diesmal wollen wir Papa und seine Band irgendwo in Wortley spielen sehen, und unsere sorglose vierköpfige Familie hat ein neues Mitglied – ein riesiger, bedrohlicher Kukkuck: der Kontrabaß.

Wir wissen schon, was geschehen wird, und versuchen deshalb gar nicht erst, nach oben zu steigen, sondern huschen nach drinnen, während Papa mit dem Schaffner verhandelt. Der Schaffner verbringt den größten Teil der Fahrt in einem kleinen Kabäuschen unter der eisernen Wendeltreppe. Oft sitzt er dort auf einem Heizlüfter, und hier hängt auch der Klingelzug, den damals noch kein Fahrgast berühren darf, obwohl es meist nur ein Lederriemen mit einem Knoten am Ende ist. In seiner Nische bewahrt der Schaffner in einer Blechdose seinen Fahrkartenvorrat und andere Utensilien auf, die er am Ende der Fahrt ans andere Ende der Bahn tragen wird. Genau in jenes Eckchen, wo der Schaffner vor den Fahrgästen geschützt ist, würde auch der Kontrabaß sicher passen, doch wenn Papa diesen Vorschlag unterbreitet, kommt es unweigerlich zu einer Diskussion, an deren Ende er nie als Sieger dasteht, denn irgendwann greift der Schaffner immer zu dem entscheidenden Argument, daß »dieses Ding« strenggenommen gar nicht mit der Straßenbahn transportiert werden darf. Während wir also drinnen sitzen und so tun, als gehöre er nicht zu uns, steht Papa auf der hinteren Plattform und hält den Kontrabaß am Hals fest, als wolle er gleich ein Solo spielen. Er steht dem Schaffner ebenso im Weg wie den ein- und aussteigenden Fahrgästen, und da er ein stets sanftmütiger Mensch ist, muß es ihm selbst noch viel peinlicher gewesen sein als uns.

Zum Glück hält diese Begeisterung für Tanzkapellen ebenso wie für die Laubsäge und das Brauen eigenen Kräuterbieres nicht lange. Die Laubsäge langweilt ihn, der Behälter mit dem Kräuterbier explodiert regelmäßig in der Speisekammer, und der Kontrabaß wird schließlich im Kleinanzeigenteil der *Evening Post* angeboten. So können wir aufs Oberdeck zurückkehren.

Nach dem Krieg ziehen wir nach Far Headingley, wo Papa, nachdem er sein Leben lang im Laden der Genossenschaft gearbeitet hat, jetzt einen eigenen Fleischerladen betreibt, der direkt unterhalb des Straßenbahndepots und gegenüber der Kirche St. Chad liegt. Wir wohnen überm Laden, also begleitet mich der Klang der Straßenbahnen beim Einschlafen wie beim Aufwachen: wenn sie Fahrt aufnehmen, um den Anstieg vor der Weetwood Lane zu nehmen, wenn sie aus West Park herabgesaust kommen, wenn sie mitten in der Nacht im Depot hin und her rangiert werden, das Kreischen der Räder, das Klingeln der Glocke.

Ich erinnere mich nicht nur deshalb mit solchem Wohlgefallen an die Straßenbahn jener Zeit, weil so viele Jahre vergangen sind. An einem schönen Abend in der Straßenbahn die Headingley Lane hinabzurollen, ließ das Herz damals genauso höherschlagen wie jetzt in der Erinnerung. Ich fuhr mit der Bahn zur Schule, der Fahrpreis von St. Chad bis zur Ring Road betrug einen Halfpenny. Ein paar von uns Schülern an der Modern School verzichteten auf die Schulspeisung und fuhren zum Mittagessen nach Hause, wobei ich wieder an einer Endstation einstieg – in West Park. Wir waren alle Musikliebhaber und gingen jeden Samstag in die Stadthalle, um das Yorkshire Symphony Orchestra zu hören, und in einer Straßenbahn in West Park sang mir ein Mädchen aus meiner Abschlußklasse die ersten Takte von Brahms' Zweitem Klavierkonzert vor, das ich noch nie gehört hatte und das am kommenden Samstag vom Symphonie-Orchester gespielt werden sollte. Auch dabei spielten die Straßenbahnen eine Rolle, denn nach den Konzerten fuhren viele Orchestermusiker mit der Bahn nach Hause (allerdings keiner mit einem Kontrabaß), und sie sahen eher schäbig und normal aus, wie sie da auf den Bänken saßen, einige mit den Blättchen ihrer Instrumente im Mund, meilenweit entfernt von Delius, Walton oder Brahms, die sie gerade gespielt hatten. So lernte ich meine erste Lektion, daß Kunst nicht viel mit äußerem Schein zu tun hat und daß ganz normale Männer in Regenmänteln Werkzeuge des Erhabenen sein können.

Seltsame Einzelheiten der Straßenbahnwaggons fallen mir jetzt wieder ein: die vom Straßendreck braunen Metallroste, die an beiden Enden unter dem Ein- und Ausstieg hingen und wie die städtische Version eines Kuhfängers wirkten; oder die kleine Einkerbung im Glas des ersten Fensters auf dem Oberdeck, mit deren Hilfe man das Fenster aufschieben und sich hinauslehnen konnte; und wie gesellig es in der Straßenbahn war, weil man die Sitze herumdrehen und so jederzeit eine Viererrunde eröffnen konnte.

Wie sie funktionierte, blieb immer ein Geheimnis. Als Kind mochte ich nur schwer einsehen, daß der Fahrer durch die Drehung des Handhebels die Straßenbahn bewegte, denn die Bewegung sah mehr nach Umrühren als nach Zugfahren aus. Und dann gab es ja noch die imposant gekleideten Fahrkartenkontrolleure, von der gleichen falschen Pracht umgeben wie der Einarmige, der einem in *Schofield's Café* einen Platz zuwies, oder der Betreiber des Kinos an der Cottage Road in seinem Dinnerjacket oder jeder beliebige Herrenausstatter.

Ich kann mich nicht erinnern, daß irgend jemand Straßenbahnnummern gesammelt hätte wie andere Leute Zugnummern, aber die Nummern der Linien hatten doch einen gewissen Zauber – die geraden Zahlen schienen den ungeraden leicht überlegen, denn die ungeraden führten in Stadtteile von Leeds, in die ich mich nie gewagt hätte, wie Gipton, Harehills oder Bell Isle. Kirkstall wird für mich immer die 4 bleiben, so wie Lawnswood zur 1 gehört.

Busse konnten nie eine ähnliche Zuneigung wecken – sie sind zu bequem gepolstert, um eine moralische Dimension zu entwickeln. Die Straßenbahn war karg und knochig, ein aufs Wesentliche reduziertes Verkehrsmittel, und dennoch sang sie ihr eigenes Lied, was ein Bus nie konnte. Als sie nach und nach eingestellt wurde, ging ich in einer anderen Stadt zur Universität. Wie immer hatte Leeds es zu eilig, die Zukunft zu erreichen, und traf daher die falsche Entscheidung. Ich wußte damals schon, daß es ein Fehler war, genau wie die Zerschlagung des Eisenbahnwesens infolge des Beeching-Reports, und daß das Leben in der Stadt nun häßlicher werden würde. Sollten die Straßenbahnen je wiederkommen, dann hoffentlich nicht als Kuriositäten, und um Himmels willen nicht als Teil unseres Kulturerbes, sondern als billiges und vernünftiges Mittel, von A nach B zu gelangen und dabei noch ein bißchen Poesie zu erleben.

Onkel Clarence

Als wir den Friedhof endlich gefunden haben, ist das Grab nicht mehr schwer zu entdecken, denn der Grabstein steht gleich in der ersten Reihe neben dem Tor, dahinter liegt eine Eisenbahnstrecke. Flandern im April, passenderweise regnet es, und an unseren Schuhen klebt der berühmte Schlamm. Auf dem Stein steht sein Todestag, der 21. Oktober 1917, aber nicht sein Alter. Er war zwanzig.

Meine ganze Kindheit hindurch war er zwanzig, denn sein Foto stand auf dem Klavier im Haus meiner Großmutter in Leeds. Er war ihr einziger Sohn. Er sitzt in Uniform und Gamaschen in Mr. Lonnergans Fotostudio an der Woodsley Road. »*Lonnergan's* – ein erstklassiges Fotostudio, dessen Fotos Ihnen gerecht werden.« Nicht mehr ganz so erstklassig, aber uns immerhin gerecht sind die Fotos, die Mr. Lonnergan von meinem Bruder und mir 1944 gegen Ende des nächsten Krieges macht. Das Studio ist jetzt etwas kunstvoller eingerichtet, und vor dem schattigen Hintergrund heben sich zwei Jungen im Alter von zwölf und neun Jahren ab, die, ohne zu lächeln, Mr. Lonnergan unter seinem schwarzen Tuch anstarren. Mein Bruder trägt die Schuluniform seiner Morley Grammar School und hat seine Hand unbewußt auf meine Schulter gelegt, die in grauen Flanell gehüllt ist. Mein Onkel Clarence hat auf seinem Foto Einschiffungsurlaub von den *King's Royal Rifles* bekommen. Auch wir sind 1944 im Aufbruch begriffen, allerdings nicht in den sicheren Tod, sondern nur in den Süden Englands, wo sich mein Vater einen langgehegten Traum erfüllen will. Er hat auf eine Anzeige im *Meat Trades Journal* geantwortet und wird nun, nachdem er fünfundzwanzig Jahre für die Genossenschaft gearbeitet hat, einen Fleischerladen in Guildford übernehmen. Onkel Clarence kehrt nie zurück, wir sind jedoch nach weniger als einem Jahr wieder in Leeds, wo sein Foto noch immer von einem Spitzendeckchen unterlegt auf dem Klavier steht; dazu hat sich nun unseres gesellt.

Das Klavier selbst gehört nicht unserer Oma. Sie verwahrt es am Gilpin Place 7 nur für ihre Schwägerin, Tante Eveline. Tante Eveline ist unverheiratet geblieben und hat eine wunderschöne Handschrift. Auf allen Klaviernoten, die unter dem Klappsitz der Klavierbank liegen, steht ihr Name, und als sie jung war, hat sie im Electric Cinema in Bradford Stummfilme begleitet. Als der Tonfilm kam, wurde sie Haushälterin, und nun versorgt sie den Haushalt eines gewissen Mr. Wilson, der einmal Vorsitzender der Gesellschaft der Tuchfärber von Bradford war, Witwer ist und eine Geliebte hat, die Tante Eveline nicht leiden kann, weil sie sich die Haare färbt und nicht Tante Eveline ist. Sonntagabends wird in der guten Stube am Gilpin Place musiziert. Wir Kinder werden ermahnt, uns vorzusehen, wenn eine Schaufel brennender Kohle aus dem Küchenherd qualmend durchs Haus getragen wird, um im Wohnzimmer den Ofen anzuheizen, bevor wir in der Küche zum Abendessen Platz nehmen. Nach dem Essen setzt sich Tante Eveline in der Stube, die immer noch nach Rauch riecht, auf die Klavierbank, mein Vater steht mit der Geige neben ihr (»Nun denn, Walter, was soll es geben?«), und sie beginnen mit einem Potpourri aus dem Musical *Glamorous Night*. Wenn sie sich warmgespielt haben, begleiten sie Onkel George, den Bruder meines Vaters, bei einigen Liedern. Onkel George ist Maurer und hat eine schöne Stimme, und sein Gesicht ist ebenso rot wie seine Backsteine. Er singt »Bless This House« und »Where'er You Walk«, und manchmal weint Oma ein wenig. Diese Abende werden bis zum Tod meiner Großmutter im Jahr 1950 abgehalten.

Oma heißt Mary Ann Peel und hat drei Töchter: Kathleen, Lemira und Lilian, meine Mutter. Clarence ist der Erstgeborene und ihr einziger Sohn. Wenn von ihm die Rede ist, heißt er immer »unser Clarence« oder, meinem Bruder und mir gegenüber, »euer Onkel Clarence«. Aber er ist nur unser Sozusagen-Onkel, er hätte unser Onkel sein können, nicht wie die Brüder meines Vaters, die aus Fleisch und Blut sind. Zwei von ihnen haben im selben Krieg gekämpft und sind immer noch sehr lebendig. Wir sind seine vorweggenommenen Neffen, er ist unser posthumer Onkel, doch selbst im Tod wird er noch von der Konvention beschirmt, daß Kinder ihre Verwandten nicht einfach mit dem nackten Namen bezeichnen dürfen.

Wenn Onkel Clarences Name fällt, wird meist sein unzweifelhaft nobler Charakter erwähnt. Streit gibt es nur darum, welche seiner Schwestern ihm am meisten ähnelt. In unserem Strang der Familie herrscht die Meinung, diese Rolle käme meiner Mutter zu, die ihm auf jeden Fall am ähnlichsten sieht. Sie ist die hübscheste der drei, heiratet früh und versteht sich nicht mit den anderen beiden, die sehr spät heiraten. Clarence wird später ein ganz und gar alberner Name, der, ähnlich wie Albert, nie wieder einen guten Klang entwickelt, doch in unserer Familie ist es der Name eines Heiligen. Wenn meine Mutter nach Onkel Clarence gefragt wird, antwortet sie unweigerlich: »Er war so ein Lieber. Ein großartiger Kerl.« Welcher Arbeit er in den wenigen Jahren nachging, die ihm dafür blieben, ob er einen Hund hatte oder ein Fahrrad oder eine Freundin, ich weiß es nicht, und ich frage auch nicht danach, und jetzt, da meine beiden Tanten tot sind, ist niemand mehr da, der es weiß. Meine Mutter lebt zwar noch, aber sie weiß nicht mehr, daß sie einen Bruder hatte, nicht einmal, was »ein Bruder« ist. Wenn sie nach ihm gefragt wird, antwortet sie immer noch: »Er war ein großartiger Kerl.« Dasselbe sagt sie inzwischen über meinen Vater. Auch ich selbst bin ein großartiger Kerl. So seicht und erinnerungslos, wie ihr Geist dieser Tage aussieht, würde sie womöglich sogar Adolf Hitler als großartigen Kerl bezeichnen.

In der Stube der Wohnung am Gilpin Place steht ein großes, kunstvoll gearbeitetes Büfett mit Spiegeln, Nischen, durchbrochenen Schrankböden. Wahrscheinlich ist inzwischen die warme kastanienbraune Beize abgeschliffen, und das Möbelstück schmückt nach einem gesellschaftlichen Aufstieg die geschmackvolle Küche eines Hochschuldozenten oder einer Designerin beim Lokalfernsehen Yorkshire TV. In meiner Kindheit ist das Büfett mit Schmuckstücken überladen und beherbergt Omas Vorrat an Silberpapier, außerdem liegen in den Schubladen ganze Bündel Postkarten von der Küste: ›Sonnenuntergang über der Bucht von Morecambe‹; ›Promenadenbeleuchtung in Blackpool‹; ›Die Konzertmuschel, Lytham St. Annes‹. Glänzende Karten mit gezacktem Rand, satte Purpur- und Brauntöne. Mein Bruder und ich haben nie Lichterketten an Strandpromenaden oder einen Strand ohne Panzersperren und Stacheldraht gesehen, und die Postkarten zeigen uns die Vorkriegswelt. Wir lösen unter Dampf die Briefmarken mit Edward VII. oder George V., um sie (mit geringem Erfolg) gegen andere einzutauschen. Zwischen den Postkarten liegen Fotos aus festerem Karton: Oma mit dem Bowlingclub, kräftige Damen in langer, lachender Reihe auf einer Promenade, mit Glockenhüten auf dem Kopf und schwarzen Staubmänteln an, bei Ausflügen nach Bangor oder Dunoon.

Unten im Schrank des Büfetts finden sich noch geheimnisvollere Artefakte: Flaschen mit altem Duftspray, Zigarrenschneider, Kerzenlöscher und ein Stapel 78er Schellackplatten in zerfledderten braunen Papierhüllen. Ein Lied heißt »I Lift up My Finger and I Say Tweet Tweet, Hush Hush, Now Now, Come Come«. Ich finde auch ein paar alte Plattennadeln im Schrank und höre mir die Fundstücke auf dem alten Kurbelgrammophon mit dem roten Kunstlederbezug an. Theoretisch darf ich das Büfett nicht öffnen, deshalb kann ich nur hineinschauen, wenn mein Bruder draußen mit seinen Freunden spielt oder in den Armley Baths schwimmen gegangen ist und ich mit Oma allein bin, wie an den meisten Sonntagnachmittagen. Sie döst vor dem Herd in der Küche, und ich erforsche in der Stube den Schrank. Sie nennt das »stöbern«. Ab und zu wacht sie auf. »Was machst du denn da?« Ich antworte nicht. »Stöberst du wieder? Laß das sein!«

Im ersten Jahr des Krieges steht eine Dose Kekse in diesem Büfett. Die sind zwar längst verschwunden, aber ihre Legende lebt, und ich glaube immer noch, wenn ich bis in den letzten Winkel des Schrankes vordringen kann, werde ich eine weitere Dose finden, die man vergessen hat. Es stehen jede Menge Dosen im Schrank. Wenn ich Oma frage, was darin ist, antwortet sie immer das gleiche: »Kameraden.« Über diesen Witz kann sie immer lachen. Bevor ich erfahre, daß Kameraden Freunde sind, glaube ich, es müsse sich um eine geheimnisvolle Süßigkeit handeln, nach der man nicht suchen darf, weil sie verboten ist.

Während im Küchenschrank die Gegenstände des täglichen Gebrauchs aufbewahrt werden – das gewohnte alte Besteck, fadenscheinige Tischdecken, Messer, deren Klingen durch jahrelanges Schärfen schmal wie Spieße geworden sind –, befinden sich im Wohnzimmerbüfett die Haushaltsgegenstände, die nie gebraucht werden, oft ein ganzer Satz: der Satz Dessertschalen mit grünen Stielen, der Satz Kuchenmesser, die bei einem Whist-Turnier gewonnen wurden, und all die Dinge, ohne die kein gut geführter Haushalt auskommen kann (Pampelmusenmesser, Käsehobel), die aber tatsächlich nie gebraucht werden. Dieser Schrank ist ein Museum der theoretischen Hauswirtschaft. Außerdem aber ist er ein Schrein. Denn zwischen den Spitzendeckchen und den Kuchenuntersetzern, den versilberten Salatbestecken und den Fidibussen in verschiedenen Farben, den Blöcken zum Notieren der Punktestände beim Whist und dem Klistier in der schwarzen Kiste, irgendwo dazwischen liegt auch das Kästchen mit Onkel Clarences Siegesmedaille, »die«, so heißt es in der Verleihungsurkunde, »dem Gefreiten C. E. Peel, 7. Komp., 44. Reg., verliehen worden wäre, wenn er überlebt hätte«. Die Urkunde ist in Winchester ausgestellt und auf den 10. Mai 1921 datiert. »Indem ich Ihnen diese Auszeichnung weiterleite, versichere ich Sie im Auftrag des Königs der hohen Wertschätzung Seiner Majestät für den Dienst, den der Gefallene seinem Land erwiesen hat.« Selbst als kleiner Junge, der nach Keksen stöbert, kann ich schon ermessen, daß die hohe Wertschätzung Seiner Majestät nicht viel bedeutet.

Was die hohe Wertschätzung Seiner Majestät außerdem nicht in Betracht zog – nicht in Betracht ziehen mußte –, war die Tatsache, daß Onkel Clarence einen Leistenbruch hatte. Während also alle Gefallenen dieses Krieges einen unnützen Tod starben, war Onkel Clarences Tod noch unnützer. Meine Mutter sagt immer, er hätte gar nicht in den Krieg ziehen dürfen. Ich weiß nicht, was ein »Leistenbruch« ist. Es ist offenbar ein wenig genierlich, denn Mr. Dixon, der an meiner Schule, der Armley National School, die fünfte Grundschulklasse unterrichtet, hat einen Leistenbruch, und die anderen Jungen finden das furchtbar witzig. Mr. Dixon ist der erste männliche Lehrer, der mir untergekommen ist. Er ist klein und dick und trägt, so sagt man, ein Bruchband. Ich weiß auch nicht, was ein Bruchband ist, aber ich nehme an, es handelt sich um eine Vorrichtung, die verhindert, daß einem die Eier rausfallen. Ich kann diese Informationen nur schwer unter einen Hut bringen oder auch nur verbinden – ein so edler Mensch wie Onkel Clarence und ein so peinliches und lachhaftes Gebrechen, das Menschen wie Mr. Dixon befällt. Vielleicht bemitleide ich Onkel Clarence weniger wegen seines frühen Todes als vielmehr wegen seines noch früheren Leistenbruchs. Auch wenn meine Mutter sagt, letzterer hätte den ersteren verhindern müssen, weil er mit einem solchen Gebrechen nicht zur Armee gedurft hätte. Weil jegliche Operation zur damaligen Zeit mit enormem Risiko behaftet war, war er nicht verpflichtet, seinen Leistenbruch behandeln zu lassen, also ruhte das Verfahren ein oder zwei Jahre. Doch im dritten Jahr des Krieges wurde er auf der Straße verhöhnt und von den Mädchen in den Munitionsfabriken verspottet, also ging er ins St.-James-Krankenhaus, ließ sich operieren und meldete sich nach der Genesung zur Armee. Und nun sitzt er auf diesem Foto, nur drei Monate vor seinem Tod, endlich wieder ein ganzer Mann.

Auf dem Foto trägt er Wickelgamaschen. Ab wann Soldaten diese langen, um ihre Waden geschlungenen Bandagen nicht mehr trugen, weiß ich nicht. 1939 sind es jedenfalls normale Gamaschen, und als ich 1952 einberufen werde, heißt es »Knöchelgurt Khaki, zwei Paar«. Doch in einem besonders abgestandenen Hort des Gestrigen haben die Wickelgamaschen (und die dazugehörige Einstellung) überlebt: im Kadettenkorps der Armee. Keine der Schulen, die ich besuche, nimmt an den Übungen dieser militärischen Nachwuchsorganisation teil, doch in unserer kurzen Zeit in Guildford besucht mein Bruder dort die Grammar School und geht in einer Uniform, die genauso aussieht wie die von Onkel Clarence, bei Pirbright ins Manöver. Ich schaue zu, wie er die schlammigen braunen Bandagen von den Beinen wickelt und seine Waden enthüllt, die eingekerbt sind wie die einer gemeinen Stubenfliege, die in tausendfacher Vergrößerung in der *Children's Encyclopedia* abgebildet war.

Ich erinnere mich nicht, daß irgendwer jemals Onkel Clarences Grab erwähnte. Davon liegt kein Foto im Büfett, nur ein Bild vom Kriegerdenkmal bei der Kirche St. Mary of Bethany an der Tong Road. Wenn er ein Grab hat, so besucht es niemand. Meine Großmutter reist nie ins Ausland, meine Eltern genausowenig, und auch wenn meine Großtanten Kathleen und Myra sich für Damen von Welt halten, entdecken sie das Hobby Fernreisen doch erst recht spät im Leben. Ich weiß also nur, daß er 1917 bei Ypern gefallen ist, als ich im März 1986 an die Kriegsgräberkommission in Maidenhead schreibe, weil ich erfahren möchte, ob er nur ein Name auf einem Mahnmal ist oder den Luxus einer letzten Ruhestätte genießt. Wie sich herausstellt, ist es mehr als das eine, aber nicht ganz das andere. Denn in den Akten steht, daß zwar auf einem eigenen Grabstein auf dem Friedhof Larchwood (am Eisenbahneinschnitt) an ihn erinnert wird, daß der Verbleib seiner sterblichen Überreste aber unklar ist. Nun also sind wir an einem feuchten Freitag morgen mit dem Luftkissenboot herübergekommen und fahren durch Saint-Omer in Richtung Norden nach Zillebeke, einem kleinen Dorf südlich von Ypern oder, da wir nun schon die belgische Grenze überquert haben, von Ypres/Ieper.

Im Reiseführer heißt es, daß es bei Ypern drei Schlachten gab. Die erste endete im Jahr 1914 mit einem Patt und bedeutete den Beginn des Stellungskrieges. Bei der zweiten Schlacht, 1915, wurde zum ersten Mal Gas eingesetzt. Der Belgienführer aus der *Blue-Guide*-Serie bezeichnet die dritte Schlacht, die Schlacht von Passchendaele im Jahr 1917, als »tragisch und sinnlos«, als würde sie das von den anderen beiden unterscheiden. Der Geländegewinn betrug in allen Fällen ein paar Kilometer. Die Zahl der Toten, die im *Blue Guide* nicht erwähnt wird, betrug eine Viertelmillion.

Heute befinden sich also überall Friedhöfe, allein an diesem Frontabschnitt etwa einhundertundsiebzig, alle regelmäßig und ordentlich angelegt, mit Wällen, Toren und Eingängen wie römische Lager, viel ordentlicher und regelmäßiger als die Vorstädte und Agrarfabriken, zwischen denen sie sich nun wiederfinden, als wären die Toten hier stationiert, um die Lebenden zu bewachen, doch dem Land scheint es egal zu sein, auch wenn die Ortsnamen nicht verheimlicht werden und jedes Schlachtfeld tadellos ausgeschildert ist. Die Friedhöfe liegen hier so gedrängt, daß wir Larchwood gar nicht finden können und schließlich bei Hügel 60 in eine Sackgasse geraten, an der etwas bessere Sicht gewährenden Erhebung südlich der Stadt, die im Laufe der Kämpfe so oft den Besitzer gewechselt hat. Jetzt ist es bloß noch eine kahle, matschige Wiese, auf der ein Gedenkstein die Geschichte des Hügels erzählt und ein Mahnmal an die Toten in all den Löchern erinnert, die in die Flanken des Hügels gegraben wurden. Daneben liegt ein Parkplatz und ein selbstgebasteltes Museum plus Café, mit Blumenvasen aus Granatenhülsen und einem Flipper. Bungalows mit

Gartenschuppen grenzen rückwärtig an die Wiese. Neben einem steht ein Carport, in der Auffahrt ein Peugeot. Die rustikalen Holzbänke weisen das trübselige Fleckchen als Picknickplatz aus, auch wenn hier nicht viel wächst: Gras ist ein Langzeitopfer des Krieges, der Boden ist hier so kahl und braun wie der Torraum am Ende einer Fußballsaison. Haben sie dafür in den Stellungen ausgeharrt, für die Plastikblumen in den Schaukästen, den Fischhändler in seinem Lieferwagen, den Jungen, der mit seinem BMX-Rad über die Hügel der ehemaligen Schützengräben springt? Nun ja, wahrscheinlich schon.

Da wir unseren Friedhof nicht finden können, geben wir auf und fahren nach Ypern zurück, wo wir in einem Konfektgeschäft Waffeln essen. Rundliche Geschäftsmänner scherzen mit der Besitzerin, während sie Pralinen fürs Wochenende auswählen. Sie kehren mit winzigen Pralinenschachteln, die ihnen vom Finger baumeln, ins Büro zurück, während wir wieder im Regen die Straße nach Menin hinausfahren. Schließlich entdecken wir die Spitze eines Kreuzes am Ende eines ansteigenden Ackers. Es gibt eine Eisenbahnlinie, ein paar Bäume, die Lärchen sein könnten, und da ist auch schon das Hinweisschild, das von einem Traktor umgefahren im Graben liegt.

Der Friedhof liegt auf der anderen Seite der eingleisigen Bahnstrecke hinter einem Bahnübergang. Man tritt durch ein Tor, geht einen langen Rasenstreifen neben den Gleisen entlang durch ein weiteres Tor und ist auf dem eigentlichen Friedhof: Onkel Clarences Grabstein, der allerdings nicht auf seinem Grab steht, steht in der Reihe direkt vor den Schienen.

Auf diesem Friedhof begraben liegt
Schütze C. E. Peel
7. Komp./44. Reg.
King's Royal Rifles
21. Oktober 1917
†
Ihr Ruhm soll niemals verlöschen.

Auf der einen Seite liegt ein Kanonier Hucklesby von der Königlichen Feldartillerie neben ihm, auf der anderen Gefreiter Oliver vom Hampshire-Infanterieregiment. Es kommt einem vor, als würde man die Stubengenossen in der Kaserne kennenlernen. Viele Namen stammen aus Leeds: ein Gefr. Smallwood, ein Gefr. Seed aus der Kirkstall Road, manche mit familiärem Hintergrund, manche ohne. Onkel Clarence ohne. Ein Leutnant Broderick aus Farnley, mit fünfunddreißig ein bißchen zu alt für den Krieg, wie Crouchback bei Evelyn Waugh, auch ein Onkel. Sergeant Fortune, eine Figur aus einem Hardy-Roman. Gefr. Ruckledge vom Wellington-Regiment, Gefr. Leaversedge vom Yorkshire-Regiment: robuste Namen, die sich womöglich, wenn ihre Besitzer überlebt hätten, mit den Jahren etwas verfeinert hätten, zu Rutledge und Liversedge. Viele Kanadier, deren Namen »nur Gott allein kennt«.

Die niedrigen Mauern sehen neu und scharfkantig aus, keine Kriechpflanzen ranken daran empor. Auf den Grabsteinen wachsen keine Flechten, und die Toten scheinen den Boden eher verödet als befruchtet zu haben. Wir haben April, eigentlich noch zu früh zum Rasenmähen, doch das Gras ist kurz geschoren. An jedem der Friedhöfe befindet sich ein kleines Fach in der Mauer, mit einer bronzenen Tür verschlossen. Darin befindet sich das Grabregister des Friedhofs und der angrenzenden Gräberfelder. Larchwood ist eine bescheidene Ruhestätte und beherbergt nur etwa dreihundert Gräber. Das Register beginnt mit einer kurzen Artikel über die Geschichte des Ortes: »Nordöstlich der Bahnlinie nach Menin, zwischen den Dörfern Verbrandenmolen und Zwarvelden, lag eine kleine Lärchenschonung, und am Nordende dieses Wäldchens wurde ein Friedhof angelegt. Er wurde im April 1915 eingerichtet und bis zum April 1918 von den Truppen benutzt, die diesen Frontabschnitt hielten.« Der Ton des Berichts ist einfach, beinahe episch. Es könnte eine Übersetzung der Verse des Livius sein, die Truppen könnten aus jedem Krieg stammen. Ein Übersichtsplan der Gräber ist beigefügt: Sie sind wie in

Schlachtordnung angelegt, die Soldaten liegen selbst unter der Erde noch in militärischer Formation, die Gräber sind in Reihen und Gruppen angeordnet, leicht angewinkelt zueinander, als warteten die Kompanien auf einen letzten Angriffsbefehl. Alle Gräber blicken nach Osten, auf den Feind, und nur zufällig auch auf Gott.

Ich sitze in dem kleinen Backsteinpavillon und sehe mir das Register an. Das Buch sieht sehr ordentlich aus (hier ist alles so ordentlich, wo damals nichts in Ordnung war): Man sieht keine Fingerabdrücke, nicht einmal Eselsohren. Es könnte aus einem Regal der Bodleian Library in Oxford stammen und nicht aus einem Schrank in einer Mauer auf irgendeiner Wiese. Wäre dieses fremde Feld tatsächlich für immer England, wie Kipling schrieb, wäre die Bronzetür längst abgerissen, die Tore schartig, die Mauern mit »Skins« und »Chelsea« besprüht. Ein solches Register jedermann so frei zugänglich zu machen, käme einem in England naiv und albern vor. Ich grübele darüber nach und weiß wie immer nicht, ob unsere Barbarei Ausdruck von Kraft oder von Verfall ist. Jenseits der Wiesen, die nicht von Hecken gesäumt sind, liegen die wiedererbauten Kirchtürme der Stadt Ypern, die hinter einer Reihe Trauerweiden erstaunlich nach Oxford aussehen. Genau in diesem Moment – ein schwerfälliger Symbolismus, der mir im Kino kultiviertes Stöhnen entlocken würde – rast ein *Mirage*-Düsenjäger im Tiefflug über die Felder.

Trotz all der Toten, die hier liegen, und der schmutzigen, sinnlosen Tode, die sie gestorben sind, fällt es doch nicht leicht, jeden Anflug imperialen Stolzes zu unterdrücken, was zum Teil an der Gestaltung dieser schweigenden Städte liegt: Blomfield, Baker und Lutyens haben die Friedhöfe entworfen, die letzten Architekten des Empire. Das andere vorherrschende Gefühl, eindeutiger als man es auf einem Gefallenenfriedhof des Zweiten Weltkrieges empfinden würde, ist Wut. Heute kann niemand mehr sagen, warum und wozu diese Männer gestorben sind. Der Satz »Ihr Ruhm soll niemals verlöschen«

war ein Beitrag Kiplings, der in der Kriegsgräberkommission saß. Heute ist der Freitag nach Präsident Reagans libyschem Abenteuer, der Bombardierung von Tripolis, und die Behauptung, daß irgend etwas unter der Sonne nicht verdunkelt werden wird, scheint erstaunlich optimistisch. Bei der Konfrontation zwischen Ost und West denken wir instinktiv an das Vorbild des Zweiten Weltkrieges, der für uns ein Ziel und eine Absicht hatte. Doch die wirklich lehrreiche Parallele ist der Erste.

Alan Bennett bei Wagenbach

Così fan tutte

Mit knochentrockenem britischen Humor erzählt Bennett die Geschichte eines Middleclass-Ehepaars, das vom Opernbesuch nach Hause kommt und die Wohnung vollkommen leer vorfindet. Mit dem Verlust der Einrichtung aus 32 Ehejahren tun sich ungeahnte Möglichkeiten auf …

Aus dem Englischen von Brigitte Heinrich
SVLTO. Rotes Leinen. Fadengeheftet. 120 Seiten

Vatertage

Auch Väter haben ihre Tage:
Der Vater von Mr. Midgley triumphiert noch über sein Ende hinaus, der Vater von Mr. Bennett dagegen übertreibt seine Menschenscheu am Ende nun wirklich.
SVLTO. Rotes Leinen. Fadengeheftet. 96 Seiten

Handauflegen

Überwacht von einem Gesandten der übergeordneten Kirchenbehörde, zelebriert Pater Jolliffe einen Gedenkgottesdienst für den Bettgefährten der *beautiful people* von London. Unerwartete Enthüllungen der versammelten Hinterbliebenen sorgen dafür, daß die traurige Zeremonie einen rasanten Wandel durchläuft …

Aus dem Englischen von Ingo Herzke
WAT 606. 96 Seiten

Ein Kräcker unterm Kanapee

Muttersöhnchen und Stubenhocker in den Wechseljahren,
frustrierte Ehefrauen und Softpornodarstellerinnen,
übereifrige Briefeschreiberinnen und trauernde Witwen –
Bennett schöpft aus dem Vollen.
Die spinnen, die Briten ...
Aus dem Englischen von Ingo Herzke
Rotes Leinen. Fadengeheftet. 144 Seiten

»*Stil und Tonfall sind unverwechselbar. Der gewundene Humor
und die unterschwellige Traurigkeit beschwören die einzigartige Welt
des Alan Bennett herauf.*«
The Times

Die souveräne Leserin

Die Hunde sind schuld. Beim Spaziergang mit der Queen kläffen sie
den in einem der Palasthöfe parkenden Bücherbus der Bezirksbibliothek an. Ma'am ist zu gut erzogen, um sich nicht zu entschuldigen,
leiht sich aus Höflichkeit ein Buch aus –
und kommt auf den Geschmack.
Aus dem Englischen von Ingo Herzke
SVLTO. Rotes Leinen. Fadengeheftet. 120 Seiten

»*Daß die Welt ein besserer Ort wäre, wenn jene, die darin
das Sagen haben, mehr Zeit zur Lektüre guter Bücher hätten, weiß jeder Leser.
Aber so nachdrücklich, elegant und weise wie im Roman
›Die souveräne Leserin‹ des britischen Großmeisters Alan Bennett
hat man diese Erkenntnis selten vorgeführt bekommen.*«
Frankfurter Allgemeine Zeitung

Exzentrisches bei Wagenbach

Lytton Strachey   Das Leben, ein Irrtum
Individualität und Exzentrizität sind nirgends eine so
unentwirrbare Verbindung eingegangen wie unter den
Bewohnern von Großbritannien. Unter den Autoren,
die besonders schöne Exemplare dieser Gattung für
die Nachwelt beschrieben haben, ist Lytton Strachey
einer der klügsten und unterhaltsamsten.
Dieser Band sammelt einige seiner in England
berühmt gewordenen Kurzbiographien.
Aus dem Englischen von Robin Cackett
SVLTO. Rotes Leinen. Fadengeheftet. 96 Seiten

Edgardo Cozarinsky   Bambi am Broadway
Einsichten ins Privatleben von Trickfilm-Rehen, Diktatorengattinnen,
schwulen Taxifahrern und Papstmördern. Außerdem begegnet man
in diesen skurrilen Vignetten einer argentinischen Varietékünstlerin
im Rollstuhl und zwei sonderbaren Zeitgenossen …
Ein ebenso mondäner wie skurriler Lesegenuß!
Aus dem argentinischen Spanisch von Timo Berger
SVLTO. Rotes Leinen. Fadengeheftet. 96 Seiten

Edith Sitwell   Englische Exzentriker
Dieses schon klassische Buch präsentiert berühmte Exzentriker aus
dem unerschöpflichen englischen Fundus. Dame Edith Sitwell,
selbst Exzentrikerin von höchsten Graden,
hat ihnen ein bleibendes Denkmal errichtet.
Aus dem Englischen und mit einem Vorwort von Kyra Stromberg
SVLTO. Rotes Leinen. 160 Seiten. Mit vielen Abbildungen

Kurze Romane für eine Nacht

Tania Blixen   Babettes Fest

Tania Blixens berühmte Erzählung ist das lukullische Märchen
von einer Köchin, die auszog, die Bescheidenheit zu lernen,
und dafür mit einem Fest der Sinne dankt.

Aus dem Englischen von W. E. Süskind
WAT 575. 80 Seiten

Amara Lakhous
Krach der Kulturen um einen Fahrstuhl
an der Piazza Vittorio

Mord an der Piazza Vittorio! Ein Verbrechen soll aufgeklärt werden,
aber vor allem entfaltet sich zwischen Marktständen und in Treppenhäusern der Palazzi ein vielstimmiges Portrait des römischen Lebens.

Aus dem Italienischen von Michaela Mersetzky
WAT 608. 160 Seiten

Sergio Pitol   Eheleben

Das Eheleben von Jacqueline und Nicolás ist ein Feuerwerk
an mißlungenen Morden. Eine Geschichte über Geld,
Liebhaber, Älterwerden und andere Überlebensfragen.

Mit einem Nachwort von Antonio Tabucchi.
SVLTO. Rotes Leinen. Fadengeheftet. 144 Seiten

Jacques Roubaud   Der verlorene letzte Ball

Roman

Ein kleines Buch – große Themen: Es geht um Treue und Verrat, um
Liebe und Opportunismus. Roubaud erzählt sparsam und fesselnd
zugleich, wie aus einem leichthin gegebenen Versprechen grausamer
Ernst wird, von dem Leben abhängen.

SVLTO. Rotes Leinen. Fadengeheftet. 120 Seiten

Leonardo Sciascia   *Jedem das Seine*
Ein sizilianischer Kriminalroman
Niemand hat etwas gesehen, am Ende wußten aber alle Bescheid:
Mord und Korruption – ein meisterhaftes Gesellschaftsbild
und ein spannender Kriminalroman aus Sizilien
vom Großmeister der Mafia-Romane.
Aus dem Italienischen von Arianna Giachi
WAT 597. 144 Seiten

Andrea Camilleri   *Der Hirtenkönig*
Die schönsten Geschichten aus Sizilien
Aus bekannten und entlegenen Quellen hat Klaus Wagenbach die
schönsten Erzählungen zusammengestellt, die in die Welt des vielgelesenen sizilianischen Schriftstellers einführen.
Zusammengestellt von Klaus Wagenbach.
SALTO. Rotes Leinen. Fadengeheftet. 96 Seiten

Giorgio Bassani   *Die Brille mit dem Goldrand*
Erzählung
Ein genau gezeichnetes Portrait der guten Gesellschaft
und wie sie ihr Fähnchen in den Wind hängt.
Aus dem Italienischen von Herbert Schlüter
SALTO. Rotes Leinen. Fadengeheftet. 144 Seiten

Wenn Sie mehr über den Verlag oder seine Bücher wissen möchten, schreiben Sie
uns eine Postkarte (mit Anschrift und ggf. E-Mail).
Wir verschicken immer im Herbst die *Zwiebel*,
unseren Westentaschenalmanach mit Gesamtverzeichnis,
Lesetexten aus den neuen Büchern und Photos. *Kostenlos!*

Verlag Klaus Wagenbach   Emser Straße 40/41   10719 Berlin
www.wagenbach.de